覇王の激愛は止まらない!?
辺境の姫ですが皇后にされそうです!

藍井 恵

✦

Illustration
藤浪まり

JN112594

覇王の激愛は止まらない!?
辺境の姫ですが皇后にされそうです！

contents

第一章　初恋破れて、後宮行き

「千羽様《チエンユー》、皇帝陛下が青龍殿《チンロン》にお越しになるようにとのことで、ご準備願います」

女官長にそう告げられ、千羽は目を剥《む》きそうになった。

――私、まだ後宮《ここ》に着いたばっかりなのに⁉

十八歳の千羽は遥《はる》か遠い南の島国〝豊麗《ほうれい》〟から一ヶ月の船旅を経て、今まさに陽帝国《ようていこく》の後宮に到着したばかりだ。それなのに早速、皇帝が夜伽《よとぎ》を命じてきた。

今、千羽が焦《あせ》っているのは心の準備ができていないなどといった乙女らしい理由ではない。いや、そんな理由もあるといえばある。だが、そもそも千羽は乙女ではない。島の男に純潔を捧《ささ》げてしまったのだ。

――あんな顔がいいだけの軽い男に引っかかるなんて……。

『龍《りゅう》……離さないで』

『当たり前だ。離せない』

『ずっとよ』

『ああ、ずっと……』

そんな睦言《むつごと》を思い出して、千羽は羞恥《しゅうち》で叫び出しそうになるが、すんでのところで踏みとどまった。

――二度と会うこともない！

初めて結ばれた翌朝、初恋の相手、龍はいなくなっていた。彼は反陽帝国派だったので、今思えば、彼の目的は、女王の娘である千羽の処女を奪って皇帝に嫁げない身にすることだったのだ。

そして今、千羽は処女を失ったことを隠したまま、陽の宮城《きゅうじょう》奥にある後宮《こうきゅう》まで来てしまった。

千羽は下唇を噛《か》む。

――私は負けない。

大陸全土を治める陽帝国に歯向かえば、小さな島国などひとたまりもない。母国、豊麗と、母である女王のためにも妃《きさき》として居座るつもりだ。

それに、処女を失ったからこそわかったこともある。要は出血さえすればいいのだ。

だが、今、女官長は帝の住まいである青龍殿に行くよう告げてきた。これは想定外だ。皇帝は妃の殿舎に通うしきたりではなかったのか。

それでついさっき、寝台の敷布団と囲いの間に小刀をねじ込んで隠したところだ。皇帝が来る直前にくるぶしでも切って、血を手に入れる予定だった。

千羽は寝台を横目でちらりと見たあと、女官長に視線を向けた。

「皇帝はここに来てくれないのか？」

「ほかのお妃様が入宮されたときは皇帝陛下はお訪ねになったのですが、一年半以上前のことです。最近は、ひと月に一回、全員を集めての会食以外は後宮に足を踏み入れようともなさいません。ましてやお住まいである青龍殿にお妃様をお呼びになるなんて初めてのことです」

「皇帝は後宮に興味がないのか？」

「ええ。ですから、千羽様を青龍殿にお召しになると聞き、皆、大慌てで準備しております」

――なんで私だけ呼びつけられているわけ⁉

「準備なら私にだって必要だ。長旅を終えたばかりなのだから、少し休んで風呂に入ってからでもいいだろう？」

どうにかして寝室でひとりきりになって小刀を取り出したい。

「いえ、皇帝陛下のお時間は貴重で、今すでにお待ちです。このまま私といらしてください」

と、低い声が聞こえてきて顔を上げれば、女官の背後に、左右に長い巻き毛を垂らした美しい男が立っていた。

――後宮に男だって⁉

確か、男性の象徴を切り落とし、宦官《かんがん》となった者だけ後宮に入れると聞いたことがある。精緻《せいち》な牡丹《ぼたん》の刺繍《ししゅう》をほどこした高級そうな着物を身に着けているところからして高官なのだろう。

その彼が、女官より一歩前に出てきた。

「千羽様、陽の宮城へようこそいらっしゃいました。私は後宮の長官、月牡丹《ユエムータン》と申します。なんなりとお申しつけください」

「私が豊麗の女王の娘、千羽だ。世継ぎだったので、苗字《みょうじ》はない」

千羽の心がずきんと痛んだ。皇帝に妃として召されたことで、千羽は世継ぎの座を失った。豊麗は女系継承で、王位が母から娘へと受け継がれる。きっと今ごろ、従妹《いとこ》が養女として世継ぎになっていることだろう。

「さあ、こちらへ」

牡丹が階段のほうに手を差し出した。絶体絶命である。

——このままじゃ、破瓜《はか》が偽装できない！

「長官殿、本当にこの姿で皇帝の前に出ていいとお思いか？」

そう言って千羽は手を左右に広げて見せる。船上で剣の稽古や料理をしていたので、所々に洗っても落ちないシミがついていた。牡丹がじろじろ眺めてくる。

「仕方ありません。お着替えください。女官に着替えを持って来させます」

「わかった。では着替えたらすぐ行こう」

「本来、皇帝陛下の寝所に入るとなれば、安全上、裸にして敷布でくるんで送り込むべきなんです。ただ、陛下がそれをお望みにならなかったから……」

牡丹は、皇帝が千羽を特別扱いしているのが気に食わないようだ。だが、千羽からしたら、なぜほかの妃と扱いが違うのか心当たりが全くない。

牡丹がぷいっと顔を背けて去っていった。女官長が彼のあとに続き、寝室には誰もいなくなる。千羽は急いで寝台から小刀を取り出してくるぶしを切った。袖に隠しておいた布で強く巻いて靴下を履き直す。

——惨めすぎる……。

こんな小細工をするはめになったのも、男に騙《だま》されたせいなのだ。涙がこぼれそうになって、千羽は上を向いた。

——今度は私が男を騙してやる！

皇帝に犯されるのは屈辱だが、処女のふりをして騙していると思えば、少しは屈辱もやわらぐというものだ。

小刀の血をふき取って寝台に隠したところで、階段を上る足音が聞こえてきたものだから、千羽はものすごい勢いで寝台に腰かける。くつろいでいるふうに脚を組んでみた。

その瞬間、衣類を手にした女官ふたりが現れる。

——ぎりぎり間に合った！

ふたりとも若い女性で、女官長と同じく胸の上で帯を結んだふわふわした裳《スカート》を身に着けている。

——宮女はみんなこんなに華やかな恰好《かっこう》をしているのか。

「千羽様、私は今日から千羽様の侍女を務めさせていただく張紅梅《チャンホンメイ》です」

と、紅梅が明るい笑顔を浮かべる。

「私は朱静《チュジン》です。早くお召し替えをということで、まずは、お脱がしさせていただきます」

静が落ち着いた声でそう告げてきた。

「自分で脱ぐからいいよ。それより聞きたいことがある」

千羽は立ち上がって着物を脱ぎながら尋ねる。

「女官の目から見て、皇帝はどういう人物なんだ？　例えば、怖いとか優しいとか……」

千羽が靴下以外全て脱ぎ終わり、着物を紅梅に渡すと、彼女の瞳が輝いた。

「とにかくかっこいいんです！　きりっとしてて、背も高くて、がっしりした躰《からだ》で……！」

うなずきながら聞いていた静が千羽の背後に回って下着の紐《ひも》を結びながらこう告げてくる。

「怖くはないんですが、女性に無関心で、行事のときにしか後宮に現れません」

「皇帝が女性に関心がないというのは？」

妃が四人しかいないのはおかしいと思っていた。しかも全員、人質代わりの亡国の王女ばかりである。

「初顔合わせや、お妃様の出身地から使いがあったときなどに、皇帝陛下はお妃様の殿舎を訪問なさるのですが、いつも四半刻《しはんどき》（三十分）も経《た》たないうちにお帰りになってしまいますのよ」

千羽に着物をはおらせ、左右の襟《えり》を合わせていた紅梅がいたずらっぽい目つきになった。

「エッチするには、短すぎですわよね？」

「えっちとは？」

静が紅梅を肘で小突く。

「いくら陽語がお上手とはいえ俗語までご存じないですわよ」

「エッチとはつまり、子作りのことですわ」

「なんと！　子作りの時間が短い……と」

ひきずりそうなぐらい長い裳《スカート》を千羽の胸の上に巻きつけながら、静が訂正してくる。

「いえ。これは長い短いとかでなく、さすがに四半刻でエッチするのは無理だろうという推測です。紅梅はこういう冗談を好むものでして……。そう、冗談なのでお気になさらないでくださいませ」

「いや、処女《いい》なもので何が起きるのか見当もつかなかったが、ひとつ指標をいただいた」

――なら、私も初顔合わせの挨拶ぐらいで終わるかもしれない。

「まあ。何も知らずにいらっしゃったのですね。それは不安に感じられていることでしょう」

「そう、そうなんだ。閨《ねや》では殿方の仰《おお》せの通りにと教えられたのだが……」

うつむき加減で弱々しく答えてみたが、そんな指導など受けたことはない。

「青龍殿に呼ばれるお妃様など千羽様が初めてです。長めにしてくれるのではないでしょうか？」

好きでもない男とは短いほうがいいし、挨拶だけで済めば、もっといい。

そういえば初めてのとき、龍は体中を愛撫《あいぶ》してくれた。深い愛情を感じて千羽はいつまでも抱き合っていたいと思い、実際、意識を失うまで睦《むつ》み合った。

――龍は今も南の島で楽しく暮らしているんだろうな……。

そう思うと、千羽は胸が苦しくなる。なぜ自分は、こんな故郷から遠く離れたところで豪奢《ごうしゃ》なだけの監獄に囚《とら》われているのか。後宮というところは一度入ると一生出られないそうではないか。

「はい。胸もとで飾り紐をねじって……着替え終わりましたわ」

そんな紅梅の明るい声で、千羽は我に返る。

「ありがとう」

――龍のことは忘れないと。

「まあ、なんておきれい！」

「お似合いですわ」

紅梅と静が、自身の仕事に満足したように褒め言葉を並べた。

陽の着物はふわふわと肌触りがよくて心地いい。だが、奇妙なことに、帯が腰ではなく胸の上にある。その帯の上には紐があり、左右二か所で紐がねじられ、それが膝まで垂れていた。機能的には無駄なところが多すぎるが、見映えを重視してのことなのだろう。

「髪を全て結い上げるのが流行《はや》ってますのよ」

静が鏡の前に置いてある椅子を手で指して千羽を座らせると、ふたりがかりで髪を結い始めた。細い三つ編みを作って頭頂で団子にし、残った髪をまとめると、かんざしでその団子に留《と》める。かんざしの先端に首飾りのような装飾がじゃらじゃらと垂れていて頭が重くなった。

「千羽様、お迎えに参りました」

階下から牡丹の声が聞こえて、千羽はしずしずと階段を下りる。

もう日が暮れていて、宦官たちが灯籠《とうろう》を持って並んでいた。その前で牡丹がやさぐれた表情をしている。

「千羽様、大変申し訳ありませんが、武器になりそうなものは外させていただきます」

頭に挿していたかんざし二本を取られて毛束がはらりと落ち、頭頂は三つ編みを丸めたものだけとなる。

――勘がいいな。

いざとなったら武器にしようと思っていた。

ひと月前、世継ぎである千羽を豊麗に引きしめようとする武士たちを前に千羽は、陽帝国が豊麗に不利益なことをしようとすれば皇帝を殺してやると、啖呵《たんか》を切って出てきたのだ。

「長官殿は妃を呼びに来るとき、いつもそのように不機嫌になるのか」

「言っておきますけど、私は名誉長官みたいなもので、普段、こんな実務はしないんです」

――なら、本業はなんだ?

「私を警戒しているのか?」

「皇帝に何かあったら、私は生きていけませんから」

「そうか。その皇帝とやらは、幸せ者だな」

牡丹は否定することなく黙り込むと、気持ちを切り替えるように踵《きびす》を返して歩き始める。青龍殿に入ると、大きな扉の前で歩を止め、声を張り上げた。

「千羽様をお連れしました」

人の背の三倍もあろうかという扉が開くと、左右に男ふたりが現れる。鎧《よろい》姿で帯刀しているので武官だ。

「千羽様だけ、皇帝の間《ま》に、お入りになるようにとのことです」

皇帝は出向いて挨拶する礼儀を持ち合わせていないようだ。

「では、あとは頼む」

牡丹が千羽を引き渡すと、武官が「千羽様、中へどうぞ」と、扉が開け放たれた部屋のほうを手で指し示したので、千羽はひとり隣室へと進む。すると、厚い扉を閉める重々しい音が背後から聞こえてきた。

そこは広々とした空間だった。奥に装飾の凝った大きな木製寝台があり、手前には立派な文机があるので、『皇帝の間』というのは皇帝が暮らすところなのだろう。

——ついに皇帝と対面か。

陽帝国に来てわかったことがある。この国は、千羽の想像が及ばないくらい進んでいて強大だ。荘厳な建物が立ち並ぶ宮城には運河が引いてあって、大型船が接岸できた。そもそも豊麗には陽帝国水軍のような巨大な帆船を造《つく》る技術すらない。

三ヵ月前、属国になって千羽を妃として差し出せという陽帝国使節団の要求を突っぱねた女王を、使節団の者たちは鼻で笑ったが、今になったら彼らの気持ちがわかる。

この国で育った人間が豊麗に赴けば、未開の地にしか見えなかったことだろう。

大陸全土を支配する皇帝となれば、千羽のような田舎娘が太刀打ちできるような相手ではない。たとえ豊麗が陽帝国に攻撃されたとしても、千羽は皇帝を殺すどころか、皇帝に夜伽を命じられればそれに従わざるをえないような立場にいる。

空恐ろしい気持ちが急に湧き上がったそのとき、独特な匂いに気づいた。香が焚《た》いてある。

――この匂い、どこかで――？

匂いが強くなる方向へ歩を進める。大きな寝台の脇にある戸棚の上に、円型をした銀の置物があった。近づくと美しい細工がほどこしてあり、そこから白い煙が漂っている。香炉なのだろう。

――樹木を思わせるが、爽やかはでない、蠱惑《こわく》的な香り……。

千羽はこの匂いに覚えがあった。

――陽帝国の使節団？

違う。もっと意外なところでかいだ香りだ。

だが、そんなこと、ありえるだろうか。

この匂いは、千羽の初恋の男、龍のものだった――。

第二章　運命の男

千羽《ちは》の人生がひっくり返ったのは、三ヶ月前のことだ。

当時、千羽は島国、豊麗の女王の娘として、豊麗城を住まいにしていた。城と言っても陽の宮城に比べれば、ちっぽけで後宮ほどの大きさもないが、青空を背景に聳《そび》え立つ紅色の城はとても美しかった。

千羽は躰を動かすのが好きで、幼馴染《おさななじみ》の男友だちと砂浜で剣の稽古をしては青い海で泳ぐ、そんな気ままな暮らしを楽しんでいた。

それを一変させたのが、陽帝国使節団の訪問だ。

千羽の母である女王に、陽帝国の属国になり、千羽を妃として差し出せという要求を突きつけてきた。女王が拒否したら、二ヶ月も経たないうちに青い海は陽帝国の漆黒の水軍に埋めつくされる。しかも、火砲を放って雷鳴のような音で脅し、一週間以内に千羽を引き渡さなければ攻撃すると通達してきた。

これは陽帝国の常套《じようとう》手段だ。

陽に並ぶ大国だった崇《すう》と稜《りよう》は屈服せず、抵抗し続けたため、その宮城は完膚《かんぷ》なきまでに破壊され、国王は処刑された。だが、早々に降伏して王女を人質として差し出したほかの四ヶ国の元国王は統治権を認められている。

豊麗は島国ということもあり、どこからも侵略されることもなく、現在の女王に至るまで女系王統が千年以上続いていて、それを国民は誇りに思っていた。

だから、二年前に大陸を統一したばかりの成り上がり皇帝に〝世継ぎの君〟である千羽を渡すなど許しがたいことで、武士たちは『世継ぎの君をお守りする』という大義のもと、続々と豊麗城に集《つど》ってきている。

だが、女王である母はそんな彼らを冷めた日で見ていた。戦うといえば刀を振り回すことしかできない軍とも呼べない武装集団が、天下の陽帝国軍に勝てるわけがない。千羽もそう思った。

とはいえ、亡き夫との間にできたひとり娘である千羽を手離すなんて、母は自分の口からは絶対に言えないだろう。母は二十二歳で夫を亡くしてから、ずっとひとり身を通してきたのだ。

これは、たくさん女児を産み、王統を維持しなければならない女王としてはあるまじきことである。

嵐の中、沖で立ち往生する船から、自ら泳いで女性や子どもたちをたくさん救ったあと、船とともに没した夫のことを、母は今も忘れられないでいる。

だから、千羽は自分からこう切り出した。

「母上、私は陽皇帝に嫁ぎます」

母が涙を浮かべて千羽を抱きしめてくる。

「そなたの父親が亡くなったとき、千羽はまだ二歳だった。今度は千羽までいなくなるなんて……」

「いつか母上は、女には男とは違う戦い方があるとおっしゃったことがあります。だから、私は陽帝国でその方法を探して、必ず、豊麗《ここ》に戻ってきます」

「千羽……」

母が躰を少し離して千羽を見つめてくる。頬《ほお》に涙が伝っていたが、その濡《ぬ》れた瞳に、何か頼もしいものを見るような光が宿ったのを見逃さなかった。

千羽は心を奮い立たせる。

「陽帝国は男系継承なのでしょう？　ならば、私が皇太子を産んで陽帝国を意のままにしてみせましょう」

すると、母が呆気《あっけ》に取られたような顔になったが、そのあと小さく笑った。

「さすが、千羽。驚いたが、そなたらしい。内部から乗っ取れば、それは実質、豊麗の勝利ということか」

そのとき、中庭から「おー！」と海鳴りのような雄たけびが上がった。

千羽が窓から外を見下ろすと、城前の広場が武士たちに埋めつくされていた。中に、幼馴染《おさななじみ》の伊礼祥賢《いれいよしたか》を見つける。彼はこの島一番の剣の使い手だ。

祥賢が拳を挙げてこんなことを叫び出す。

「世継ぎの君をお守りするぞ！」

それに合わせて再び「おー！」という野太い喚声が上がった。

——何が世継ぎの君だ。いつも、千羽と呼び捨てにしているのに！

「ちょっと話してきます」

千羽が振り向くと、母が顔をしかめた。

「あの場に千羽が顔を出すと面倒なことになるぞ」

「あそこに行かずに祥賢を呼び出します」

千羽は祥賢と目を合わせて自身の背後を指差し、そちらに向けて顎をしゃくった。祥賢がうなずいたので、裏庭に来いという合図は伝わったはずだ。

「では、少し外します」

千羽は母親の執務室を出ると、階下の自室に寄って笠《かさ》を手に取った。葉で編んだ薄茶の笠で、日よけに使われるものだ。これを目深にかぶれば、世継ぎだと気づかれにくくなる。

千羽が階段を駆け下りて裏庭に出ると、祥賢がもうそこにいた。

「千羽、俺、話したいことがあるんだ」

「私もだ。ここだと、ほかの武士に見つかるかもしれない。裏門から出よう」

千羽は、祥賢と裏門から出た。ここから浜へ、とゆるやかな坂道が蛇行している。いつもなら屋台が並び、その周りで人々が飲み食いしているにぎやかな通りだ。

「今日は屋台がないんだな」

「皆、怖がって海と城に近づこうとしないんだ。城が見捨てられたみたいで、俺はいやで……だから、武士を集めた。にぎやかになっただろう？」

「そうか……。そういう想《おも》いで、祥賢が集めてくれたのか」

千羽は思わぬ優しさに触れて、心がじんわりと温かくなった。

「ありがとう。祥賢」

祥賢が頭をかいて照れている。

「陽は、妃になれと脅してきているのか？」

「ああ。ふた月前、使節団が来たときにさっさと受けておけば、こんな水軍に脅されるようなことはなかっただろうに」

「もしかして、この話、受ける気か？」

「そのつもりだ。あちらは大帝国。勝算がなさすぎる」

「わからないぞ。嵐が来るかもしれない。この国は千年以上どこからも侵略されていない」

「今の時季に嵐が来るなんて滅多《めった》にないだろう。だが、嵐が来たらもっとまずいことになる。陽軍が上陸してきて略奪だって起こりかねない」

祥賢が立ち止まって、両手で千羽の手を包んだ。

「それなら、俺と逃げよう」

「どこへ逃げるって言うんだ？」

「南の海だよ。やつらは北の海岸線付近にしか船を展開しない。俺たち、ふた月前、使節団が来たときから、士族だけでなく、いろんな職業の者たちを巻き込んで、〝反陽帝国〟で連携し始めているんだ。中には漁師だって商人だっている」

「陰で何をやってるんだ⁉　私が姿を消したら、捜索を口実に攻撃されるのがオチだ。おまえの弟妹にだって危険が及ぶぞ！」

「人のことばかり考えて……。もっと自分のことを考えろ」

「私は世継ぎだ！　国全体のことを考えるよう教えられてきた。自分のことを考えてどうする！」

そう語気を強めたあと、千羽はどっと疲れを感じる。

――味方同士でこんな口論になるなんて……。

しばらくふたり黙って向き合っていた。

先に沈黙を破ったのは祥賢のほうだ。ぼそりとこんなことを言ってくる。

「……俺、この国が大陸みたいに男系継承だったらよかったのにって思うことがあるんだ」

「男が王だったら、勇ましく戦っただろうに、って？」

「違う！　男系だったら、千羽を独り占めできたのに！」

言うと同時に、千羽は祥賢に抱きしめられる。大きくがっしりした躰で、千羽とは全然違う。彼はいつの間にか男になっていた。

「それは……私が世継ぎじゃなければよかったという意味か？」

千羽は抱き返すこともなく、棒立ちのまま疑問を投げかけた。

「違う……通い婚じゃなくて、大陸の結婚みたいに一生ともに生きると誓えたらよかったのにって」

背に回された腕の力がゆるんだと思ったら、祥賢が背を屈《かが》めて顔を近づけてくる。

「何をする！」

千羽は彼の胸板に手を突いて躰を離した。

「私は、ともに生きたいなどと答えてない」

「では、今、希《こいねが》う。俺のものになってくれ」

彼のもの言いは切実だったが、今まで兄妹のように過ごしてきて、それ以上の感情を抱いたことがない千羽には違和感しかなかった。

――なぜ私なんだ。

祥賢はなんといっても島一番の剣の使い手だ。顔つきもきりっと精悍《せいかん》で、体格もよく、砂浜で剣の稽古をしていると、祥賢目当ての若い女子たちが集まってきていた。その子たちの中から選べばいいものを――。

「……私は誰のものにもならない」

「だが、皇帝のものになる気なんだろう？」

千羽は満身の力をこめて、彼を撥《は》ねつけた。

「なるか！　たとえ妃になったとしても、私は誰のものでもない。私は私だ！」

そう声を荒げ、千羽は坂を駆け下りる。

――いやだ、いやだ、もういろんなことがいやだ！

陽帝国軍に攻撃されるのも、母親と別れるのも、この島を離れるのも、皇帝に嫁ぐのも、祥賢と逃げるのも、全部いやだ。どの道も選びたくない。

走っていたら涙がこぼれ散った。風の抵抗で笠が頭上から背後にずれたが、海へ向かう道には、人っ子ひとりいないのでそのままにしておく。

海辺に出ると、沖には黒い船団が所狭しと並んでいた。千羽は砂浜にへばりつくように突っ伏してむせび泣く。砂をつかんだ。さらさらして気持ちいい。陽の都には海がないそうだ。たとえ帝都から川を下って海まで出たとしても、大陸の海は青くなく、白いと聞く。それはもう海とは言えないのではないか。

【女だ……】

【泣いてるぞ。慰めてやるか】

陽語が聞こえて、千羽は顔を上げる。

男ふたりが千羽を見下ろしていた。ゆったりした袖《そで》に長い裾《すそ》は、陽帝国の着物の特徴だ。

――しまった！　もう上陸しているやつがいるのか。

【これは、かなりの上玉だ】

男が千羽の手を取ろうとしたとき、千羽は背後に跳ね飛び、砂浜を踏みしめる。

【なんだ。こいつ、急に。女のくせに】

カチンと来て、千羽は陽語で反論する。

【私が女なら、なんだって言うんだ！】

【陽語をしゃべれるのか】

【俺たち、こんな辺鄙《へんぴ》なところまで連れてこられて……寂しいんだよ？】

そう言うと、にやにや下卑た笑いを浮かべた。

――侵略を許すということは、こういうことだ。女たちが犠牲になる。

【ならば、ほかの女ではなく、私を見つけてくれてよかった】

【急に素直になったじゃないか】

【でも、ここは恥ずかしいわ】

千羽は砂浜から出て、男ふたりを岩陰へと誘い出す。ひとりが寄ってきたところで、千羽は片手で彼の首を優しくかき抱いた。男が色めきたったところで、そのまま前に倒すと腰を使って投げ落とす。岩の凸凹《でこぼこ》に仰向《あおむ》けに落とされ、男はぐったりした。やわらかな砂浜だとこうはいかない。

――短剣を使うまでもないな。

千羽は帯の下に常時、短剣を隠し持っているが、これは最後の手段だ。

【な、なんなんだ、この女】

　もうひとりの男が刀をかざして襲いかかってきたところ、彼のふくらはぎを足で払った。千羽が力を使うまでもなく、彼は自身の勢いのせいで岩辺にひっくり返って頭を打つ。

「皇帝が腐ってるから、兵も腐ってるな」

　千羽はふたりを足で転がす。手加減したので生きている。念のため、刀を取り上げておいた。その二本の刀を帯に差す。

「命を取られなかっただけでも、ありがたく思え」

　そのとき、背後から拍手とともに「お見事！」という男の声が聞こえてきた。

　千羽が振り向くと、背の高い大きな男が巨岩に座っていた。肩ぐらいまである黒髪を無造作に後ろで束ね、灰色の着物を身に着けるという地味な出《い》で立ちだ。それが却《かえ》って、彼の顔のよさを際立たせていた。

「おまえ、か弱い女が襲われそうになっていたのに、そこで高みの見物をするなんて、それでも豊麗の男か？」

　千羽が目を眇《すが》めると、男が「か弱い？」と半笑いになった。

　――いちいち、むかつくな。

「ごろつきを倒す前は、か弱く見えただろうが」

「ああ。だって、おんおん泣いていたもんな」

　あのときから見られていたのかと、千羽は顔をカッと熱くした。

　男が竹筒を差し出してくる。

「助けが遅れた詫《わ》びに、これをやろう」

「はあ？　なんだこれ」

男が人差し指を自身の目もとに置いた。

「ここから水分を出したから、水を補給したほうがいいかなと思って」

「うるさい！」

千羽は大股で近づくと、奪うように水筒を受け取り、ぐびびっと一気に飲みほす。

「あっ、俺の分まで……！」

情けない声を出す男に、ははっと大口で笑ってみせる。

「おまえは海水でも飲んでろ」

千羽は手で口をぬぐったあと、なぜか足元がふらついた。

――あれ？　力が入らない。

「大丈夫か？」

そう問いながら近づいてくる男が二重になって見えたかと思うと、そのまま暗転した。


ざざん、ざざんと、遠くに波の音がする。

千羽が幼いころから慣れ親しんだ優しい音だ。心が落ち着く。

目を開けると千羽は寝台の上だった。天井がいつもより低いので城ではない。起き上がると、頭がくらっとする。そこは船室だった。

――確か、陽人を倒したあと、水を飲んで……。

「やっと起きたか」

男の声に、千羽はくるっと横を向く。水筒を渡してきたあの大男が椅子の背もたれを千羽のほうに向け、脚を左右に広げて座っていた。

「どうして私がここにいるのか説明してもらおうか」

千羽が睨《にら》んだのに、男は怯《ひる》みもせず、平然としていた。

「説明してもらいたいことがあって呼んだんだよ。世継ぎの君」

――なぜ、私が世継ぎだと知っているんだ？

そんな気持ちはおくびにも出さず、千羽はしらばっくれる。

「世継ぎ？　そんなわけがないだろう？　それよりあの水に何か盛ったのか？」

「睡眠薬だ。まさか全部飲むとはな。少し効きすぎた。もう夜だぞ」

「夜だと⁉」

窓に布が掛かっているのでわからなかった。母が心配している。いや、それどころではない。千羽が失踪したことが陽帝国にばれたら一大事である。陽帝国軍に、豊麗を攻撃する口実を与えるわけにはいかない。

「親が心配しているので帰らせてもらう」

そう言って立ち上がると、足もとがふらついた。男が立ち上がって腰を支えてくる。

「まだ本調子じゃない」

「って、薬を盛ったやつに言われたくない！」

男がわずかに目を開けたあと、「確かに」と笑った。精悍な顔をしているのに、笑うと少年のようになる。

千羽はひょいと持ち上げられ、寝台に戻された。船の揺れからして岸から相当離れている。しばらくは、おとなしく寝台《ここ》にいるしかない。

「この船はどこに向かっている？　いつ豊麗に戻れるんだ？」

男が椅子に座ったので、千羽は寝台に腰かけて向き合う。

「その前に、こちらの質問に答えてもらおうか。それだけ態度がでかいんだから、おまえ、世継ぎの君だな？」

「私は、ただの態度のでかい女だ。まずは自分から名乗れ」

「自分で言うか。俺は……龍」

「ありきたりな名前だな」

龍が半眼になった。

「それだけ人気のある名前ってことだ！　世継ぎの君がこんな女だったなんてな」

「世継ぎの君だと本当に思っているなら、もっと敬ってほしいものだ」

「敬えるか！　千年以上続くこの豊麗を捨てて、陽の皇帝に嫁ごうとしているような女なんか！」

龍が声を荒げて立ち上がった。

これで誘拐の意図がわかった。祥賢が『いろんな職業の者たちを巻き込んで、〝反陽帝国〟で連携し始めている』と言っていたが、この男はまさに反陽帝国派だ。

――どうしたらいいものか。

龍は、たまたま砂浜に現れた女をさらったわけではない。世継ぎを誘拐すべく計画を立てていたところに、まんまと千羽が現れたというわけだ。

「私を陽に行かせたくなくて、睡眠薬入りの水筒やら、船やら用意していたということか」

「やっと認めたな？　世継ぎの君だって」

「ああ。狙って誘拐しようとしたなら、しらばっくれても意味がない。そういうおまえは何者なんだ？　訛《なま》りからして本島ではなく、南の離島出身のようだが」

豊麗国は、豊麗城のある本島と数多《あまた》の離島から成り立っている。

「俺は南方の島出身だが、今は海が住まいだ。大陸と豊麗の島々の交易をなりわいとしている。だからこそ、豊麗本島と豊麗城にいる女王は俺にとって大切な存在だったんだ。その俺の気持ちがわかるか？」

――大切に思われすぎるのも困りものだな。

「とはいえ、大切な女王の娘《ひと》が思い通りにならないからって、誘拐するのはよくないぞ？」

諭《さと》すように言うと、龍が不満げに双眸《そうぼう》を狭めた。

「なんで十代の娘に説教されないといけないんだ」

龍は二十代後半ぐらいに見える。

「今後、真人間《まにんげん》になれば、私を誘拐したことは赦《ゆる》してやるから、早く島に戻すんだ」

「そうしたら、おまえ、陽に行ってしまうだろう！」

次の瞬間、千羽は寝台で磔《はりつけ》にされていた。真上に龍の顔がある。この動きの素早さは只者《ただもの》ではない。

「何をする⁉」

押さえつけられた手を振りほどこうとするが、圧倒的な力の差があってどうしようもなかった。

「皇帝のもとへ行けなくしてやる」

「どうやって？」

「処女を奪って」

「そんなことで阻止できると思っているのか？」

千羽はあえて鼻で笑ってやった。

「処女じゃないとわかれば、すぐ突き返される。俺は大陸の人間とも交流があるから、いろいろ情報が入ってくるんだ」

男系継承の国が処女性を重んじると聞いたことがあるが、突き返されるというのは初耳だ。

「知らなかったのか？　それとも、もう経験があるとか？」

——経験⁉

そういうことにしておけば、龍は襲う理由をなくす。

「そう、そうなんだよ〜。もう経験豊富でな。男をとっかえひっかえ。突き返されるとは知らなかったな〜。なーんだ、どのみち妃になれないってことか。じゃ、島に戻してくれるか」

そう言って千羽がへらっと笑うと、龍が全然信じていなさそうに瞼《まぶた》を半ば閉じた。

「それなら、もっと色気があっていいだろうよ」

「失礼な！」

千羽が語気を強めたのに、龍が寝台に乗り上げてきた。千羽の手は自由になったが、組み敷かれて逃げられそうにない。そもそも、逃げても海上にいるのだから意味がない。

「俺が教えてやるよ。豊麗の男を知れば、陽になど行きたくなくなる」

龍に顎を取られた。近くで見ると、改めて美形だとわかる。眉はきりっと上がり、凛々《りり》しい瞳に長い睫毛《まつげ》が優美さを添え、高い鼻梁《びりょう》に少し薄めな唇。とても整った顔立ちだった。

千羽は見惚《みと》れそうになって、慌てて顔を背けた。

「教えられることなどない。経験豊富だって言っているだろう」

「なら、俺に教えてくれよ？」

彼の瞳が艶《つや》めく。

「こ、この色気上級者め！」

撥《は》ねのけようと、肩口を全力で押したが、びくともしない。

「つまり、俺に色気を感じたということだな？」

手を取られ、掌《てのひら》にくちづけられた。

「ひぇ」

千羽は驚いて手を引っ込める。

「べ、別に。そんな顔をして女を落としているのだろうと思っただけだ」

「こんな顔？」

彼がさらに顔を近づけてくるものだから、ぎょっとした。

「近すぎだ！」

くちづけされる寸前で、千羽が龍の口もとを塞ぐと、手首をつかまれた。

「俺を拒んだ女は初めてだ」

——美形だと思って自惚《うぬぼ》れて！

千羽は体勢を立て直そうと、大きく退《ひ》いてから、上体を起こす。自分を守るように腕組みをした。

「おまえが私を皇帝にやりたくないとしたら、私を大切に思っているからだろう？　それなのに、世継ぎを敬っているようなそぶりがみじんもないのはおかしくないか？」

「会うまでは尊い存在だと思っていた。だが、今は、野蛮な皇帝に穢《けが》されるぐらいなら俺が、と思っている」

「穢す？　処女を失うぐらいで穢されたりするか。それが屈辱なのだとしたら、私に豊麗を重ね過ぎだ。私は私。豊麗は国。大事なのは、国に生きる者たちを守ることだ」

龍が、物珍しいものを品評するような、そんな眼差しを向けてきた。しばらくして龍のほうから沈黙を破る。

「いよいよ、欲しくなった。……おまえは美しい」

「は⁉　目がおかしいんじゃないか」

「おまえが……おかしくさせたんだ」

龍がのぞき込むように、千羽の顔を見つめてくる。

千羽はごくりと生唾を飲み込んだ。

龍が千羽の腰を力強く抱き寄せる。押しのけようにもびくともしない。着物の襟に手をかけられた。

——いくらなんでも、ゆきずりの男というのは、ない！

千羽は龍に気づかれないように頭頂からかんざしを抜き、ものすごい速さでうなじ目がけて落としたが、すんでのところで避《よ》けられる。

——見えないところなのに、かわせるとは……何者？

龍が無言で千羽の手首をつかみ、かんざしを取り上げた。

——逆上しないのか。

「……相手が俺じゃなきゃ死んでたぞ？」

龍があくまで淡々とそう告げてきた。

「女子の貞操《ていそう》は命と同じくらいの重さがあるんだ」

「だからって殺そうとするか？」

「殺しはしない。すんでのところで止めて、やめないと刺すと脅すつもりだったんだ」

龍の眉間に皺《しわ》が寄る。

「処女をやるなら皇帝にって？　そんなに権力者に嫁ぎたいのか⁉」

——また、この繰り返しだ。

嫁ぎたいとか嫁ぎたくないとかそういう問題ではない。この国を守るために嫁がねばならないだけだ。そんなことを言っても、この男は納得しないだろう。

「私の腕なら皇帝の命も思いのまま。そう思わないか」

出まかせを言ってから初めて、そんな手があることに気づいた。妃なら皇帝とふたりきりになることもあるだろうから、かんざし一本で斃《たお》そうと思えば斃せる。

龍が、信じられないという表情になった。しばらく沈黙したあと、双眸を狭めてこんなことを言ってくる。

「そもそも、こんな日焼けしたおてんばを、皇帝が夜伽の相手に選ぶとでも？」

――こいつ、人が気にしていることを！

「……船に乗っていれば、陽に着くころには白くなるはずなんだ」

「へえ。一ヶ月で？　白くなっただけで、後宮の美姫《びき》に太刀打ちできるとでも？」

千羽は上目遣いで、じとっと恨みがましい視線を送る。

「さっき私のことを、美しいって言ったくせに」

龍がハッと呆《あき》れたように笑って、寝台から飛び下りた。

「この自信家の処女が！」

「おまえこそ、何が俺を拒んだ者はいない、だ。自信家にもほどがある」

そのとき、いきなり刀が飛んでくる。柄《つか》が千羽のほうを向いていたので、千羽はなんとか受け取ることができた。

それは、彼が腰に下げていた刀だった。

千羽は寝台から下りて刀を構える。刃《やいば》が鏡のように光った。切れ味がよさそうだ。

――しかも軽い！

「いい刀だな」

龍がにやっと片方の口角を上げる。

「わかるのか。構え方も堂に入っているな。確かにおまえなら皇帝を斃せるかもしれない。気に入った！」

「評価が極端だな」

「皇帝を殺せるように特訓してやるよ」

龍が腰紐《こしひも》をほどいて鞘《さや》を手にした。何をするのかと思ったら、鞘を剣に見立ててすっと構える。型がきれいだ。

「いいのか？　私に真剣を渡して勝負だなんて。後悔するぞ」

切っ先が触れるか触れないかの距離で向き合った瞬間、龍が喉元を突いてきた。

その動きのあまりの速さに、間に合わないかと思ったが、なんとか上に払いのけることができた。そのとき、彼の胴が空く。千羽は前に踏み出し、胴を突く——はずだったのに空振りとなった。

一瞬で、龍が横に跳んだのだ。図体《ずうたい》が大きいわりに俊敏である。

当たるはずの的がなくなり、千羽が前のめりに倒れそうになった隙に、龍は千羽の刀の柄を握って取りあげ、背中を軽く押してきた。千羽は倒れて床に手を突き、呆然《ぼうぜん》とする。

——嘘《うそ》だろう？

こんな無様な負け方をしたのは初めてだった。

龍が、刃先を千羽に向け、鼻先でぴたりと止める。

「俺の突きを払いのけるなんて、やるな」

——またもや上から目線だ！

実際、背が高く、上から見下ろされているのだが、態度の問題だ。

千羽は、じろっと龍を睨む。

それなのに、龍は刀を鞘に収めながら笑顔を浮かべた。

「まだ世継ぎの君は本調子じゃない。明日から特訓してやるよ、皇帝を殺してくれるんだろう？」

「……私を豊麗に戻すということか？」

「南風が吹いたら本島に戻す。世継ぎの君が覚悟の上で皇帝に嫁ぐんだから、協力してやるよ」

――南風が吹くまでの間……。

今の時期は風向きがくるくる変わるから、引き渡し期限までに城に戻れるだろう。願いが叶《かな》ったのに、千羽の心はずしりと重くなった。戻ったあと待っている未来は、この生まれ育った島を離れ、母とも友とも別れて、誰も知らない国の後宮に閉じ込められるというものだ。

もしかしたら、一生――。

出られるとしたら、皇帝が死んだときである。

勝手に死んでくれればいいが、千羽が皇帝を殺すことがあるとしたら、皇帝が豊麗に攻め入ろうとするときだから、そんなことは起こってほしくない。そもそも皇帝を殺したあと、後宮から無事に逃れられるとは思えなかった。

とはいえ、さしあたって今は、母のためにも、豊麗のためにも本島に戻らないといけない。

「そうか。協力に感謝する……」

「今日はもう遅い。また明日」

そう言って龍が去ったので、千羽は寝台で横になるが、眠るつもりなどこれっぽっちもなかった。龍が何者なのか、この船から自力で脱出する方法がないのかを探るつもりだ。

だが、ざざん、ざざんという優しい波音を聞いているうちに、千羽は瞼が重くなっていく。

――少し、少しだけ……。

千羽は瞼を閉じた。

「千羽……」

龍の顔が目の前にある。酩酊《めいてい》したようなその瞳はとてつもなく色っぽく、千羽がうっとりしたところで唇が重なった。

――ぎゃー！

千羽は、がばっと起き上がった。

――なんて夢！

窓を覆う垂れ幕をまくり上げ、千羽は窓外を見る。星の位置からして夜が明ける少し前だ。つまり、最も眠りが深くなる時間帯である。

――この時間に起きるとは……さすが、私！

船室の衣装箱を開けたところ、男物の着物があった。それを身に着け、千羽は扉を少しだけ開けて左右を見るが、誰もいない。

――これは好機《チャンス》！

ゆっくりと戸を閉め、怪しまれないように自然体で歩く。そんなに大きい船ではなく、すぐに甲板に出た

――と思ったら、目の前に龍の顔がぬっと現れた。

千羽は悲鳴を上げるのは心の中だけにして極力、無表情を装う。

「世継ぎの君、何かお探しですか？」

いやみったらしく龍が丁寧な言葉遣いで問うてきた。

「眠れないので、風に当たろうと思ってな」

ダンッと頭上の壁に、龍が前腕を着けた。大きな体躯《たいく》で周りに幕でも張られた気分だ。

「すぐばれる嘘はつくな」

一転して鋭い視線を投げかけられる。

「なぜ嘘だと決めつける？」

「意味のない行動を取るとは思えない」

「買いかぶりすぎだろう？」

千羽は、口の端を上げて笑顔をつくろう。

「おまえは信用ならん。今日から俺の部屋で寝ろ」

龍が千羽の手首をつかんで引っ張り、肩を怒らせて歩く。

「おまえ、ほんと、こういうことしか考えてないな」

「何か誤解してないか？」

「してない。おまえ、女と見れば誰でも襲うんだろう？」

龍がすごい勢いで振り返ってきた。

「襲うか！　命が惜しいわ！」

龍の部屋も千羽の船室と同じくらいの大きさだった。千羽は寝台の前で仁王立ちとなる。

「……龍、おまえ、本当に豊麗の民か？　世継ぎの君様に、こんな狭い寝台で図体の大きい男と寝ろと？」

「まさか、〝世継ぎの君様〟が、こんな性格だとは思ってもいなかったよ」

龍に横目でじろっと見下ろされた。

「おまえ、変なところ触ったら、刺すからな！」

「それってどんなところか、くわしく教えてもらおうか」

千羽は腰に手を回され、「うわっ！」と叫び、彼の胸板を両手で突っぱねる。

「訂正！　全部だ！　全身触るな！」

龍は、怖い怖いと冗談めかして左右に手を掲げると、寝台の端にごろんと寝転がった。腰に剣が下がったままだ。

千羽は隠し持った短剣を自身の腰に感じながら、手前側に寝転がって龍に背を向ける。

——変なことをしようとしたら、この剣で刺してやるからな！

龍が何も話さなくなった。波音の中で船体がきしむ音が立つ。

「……なあ、おまえ、好きな男とかいないのか？」

一瞬、祥賢の顔が浮かんで、それはないと打ち消した。

「いるわけないだろう？」

千羽は不機嫌な声を出した。

「いや、いる。一瞬、間が空いた」

「それなら、いるって言えば満足か？」

「……いるなら、皇帝を斃しにひとりで立ち向かうなんて、かわいそうだと思っただけだ」

龍がつぶやくようにぼそりと答えた。

「はあ？　おまえに襲われるほうがよっぽど〝かわいそう〟だろう⁉」

そう言いながら千羽は起き上がって龍を見下ろす。

龍が仰向けになって「それもそうだ」と笑った。少年のような屈託のない笑みだ。

千羽はなぜだか、ずっと見ていたいような気がしたが、「寝る！」と、再び彼に背を向けて横になった。

――ああ、いやだ！

千羽は自国のために広い視野で考えて動いているというのに、この男はすぐに恋愛の話にすり替える。

「なあ、おまえ、皇帝を殺したあとどうするつも……」

龍が問いかけようとしたところで、千羽から「んごー」という寝息が上がった。

「おやじかよ。眠るの早すぎ！」

「んー？」

千羽が答えるかのように高い声を発したあと、ころんと転がり、仰向けになった。

「今度はかわいい声かよ」

千羽がへらっとゆるい笑みを浮かべる。

「まるで聞こえているみたいだな」

龍は小さく笑って、千羽のやわらかな頬をそっと撫《な》でた。


千羽が目覚めると、目の前に龍の寝顔があった。

「うわっ」

思わず衣の上から腰の短刀に手を伸ばす。

――よかった、盗《と》られてない。

これに気づかれていないということは、不埒《ふらち》な真似《まね》もされていないということだ。

「おはよう」

龍の声が聞こえて、ぎくっとしたが、短刀を触る動きには気づかなかったようで、龍が微笑《ほほえ》みかけてくる。

寝起きで少しぼうっとした感じに、なぜか、どきっと心臓が跳ねた。

「お……おはよう」

それにしても、熟睡してしまうとは不覚である。

龍が寝台を下り、顔だけ振り向かせた。

「おまえ……寝てると、かわいいな」

――はあー⁉

「寝てたらって、ほんっと失礼っ！」

「女王も、こんな娘を持って大変だな」

「……母にも、じっとしていればきれいだって言われたことがある」

龍は顔を上げてハハッと大口で笑ったあと、壁に掛けてある木刀を手に取った。

「ほら、皇帝を殺すんだろう？」

いきなり木刀を投げつけられる。千羽でなりれば、受け取れなかったところだ。

「木刀にするとは……さては命が惜しくなったな？」

千羽は柄を握り、ふわりと寝台から飛び下りる。

龍が鼻で笑った。

「俺が刺されることはない。おまえが転んで自分を刺さないようにと配慮してやってるんだ」

相変わらず自信家だ。

龍が扉を開けて出て行くので、千羽はそのあとに続いた。

甲板に出ると、男たちが何人もいて一斉に好奇の視線を向けてくる。千羽を見ながら小声で話し始める者もいて、「世継ぎの君だ」「元気そうだ」「昨日はぐったりしていた」など、会話の一部が漏れ聞こえてきた。

――ということは、皆、龍が世継ぎを誘拐したことはわかっているんだよな？

そのとき殺気を感じて千羽はとっさに屈んだ。同時に、頭の上で木刀がぶんと振り回される。少し遅れたら、頭を強打されていたところだ。

「何、ぼーっとしてる」

「私じゃなきゃ頭を打っていたぞ！」

「すんでのところで止めるつもりだったんだ」

と、龍が含み笑いを浮かべた。

――こいつー、かんざしの仕返しか。

甲板で、世継ぎの君が龍と木刀で手合わせを始めたものだから、周りから歓声が上がる。木刀同士がぶつかる鈍い音がする中、「左が空いてる」などと龍が指導めいたことを言ってきた。

——余裕かまして！

それにしても龍の剣術は巧みだ。ただの商人とは到底思えない。

木刀で打ち合いながら、龍が「おまえ、どこで鍛錬したんだ？」と訊《き》いてきた。龍も千羽の剣の腕を認めたようだ。千羽はまんざらでもない。

「島一番の使い手と、いつも砂浜で練習していたんだ」

三歳年上の祥賢は、幼いころこそ剣の師匠のような存在だったが、次第にお互い切《せっ》磋《さ》琢《たく》磨《ま》するようになった。だから、祥賢は島一番の剣の使い手と呼ばれるようにまでなったし、千羽とて、祥賢以外の男にはほとんど負けないくらい強くなった。

——それなのに、けんか別れみたいになってしまった……。

あれは先月のことだったか。いつものように砂浜で木刀でやりあっていたとき、久々に祥賢に勝てたことがある。

千羽は砂が盛り上がっているところにひょいと跳び上がって祥賢の切っ先をかわした。祥賢も砂山に上ってきたところで、千羽は跳び下り、彼の足元を狙う。祥賢はそれを避けようとしたが、砂山が崩れてずり落ちる。尻もちを着いた祥賢の喉もとに、千羽は木刀の切っ先をぴたりと突きつけたのだ。

あのとき『降参』と言った祥賢は、なぜかうれしそうに見えた。

——そうだ。高低差があるところなら、勝てるかもしれない。

「その男が、この間、即答できなかった原因か」

「はあ⁉」

千羽は、近くにあった木箱の上に跳び上がった。

「好きな男、やっぱりいたんだな」

龍も木箱に跳び上がる。

「そういうのじゃ……ない！」

千羽は龍の足もとにある木箱を蹴って跳び下りる。龍はバランスを崩したが、倒れることはなかった。だが、千羽は彼の喉もとに木刀を突きつけることができた。

「おまえ、障害物があるほうが強くなるんだな」

龍は口惜しそうではない。むしろ喜んでいるようにさえ見える。

――祥賢も負けたとき、こんな表情をした。

「おまえは、その剣の使い手に少し似てる……」

だが、にぎやかだった砂浜は今や誰もいなくなって、陽帝国のごろつきがうろついている。そう思うと一刻も早く本島に戻らないと……と、いても立ってもいられなくなった。

「そいつが、おまえの男ってわけ？」

龍がなぜか不服そうに片眉を上げた。

「そんな男はいない！　なんでも色恋に結びつけて！」

「ってことは、もしかして、なんの経験もないのに、これから〝色恋〟で大陽帝国の皇帝を落とそうとしているってことか？」

千羽はぐうの音もでない。

――こいつ、気にしてることを～！

龍に顎《あご》を取られて、千羽は上向かされた。

「夜、そっちの訓練をしてやってもいいぞ？」

「はあ？　ふざけんな！」

千羽が木刀を振り上げ、稽古が再開される。休みも碌《ろく》に取らずにひたすら打ち合う。空が橙《だいだい》に染まっても続けられた。

「お頭《かしら》～、こんなでっかいハマフエフキが釣れましたぜ～！」

呑気《のんき》な声が聞こえてきて、ふたりは動きを止めた。

千羽が袖で額《ひたい》の汗をぬぐいながら声のほうに顔を向けると、日焼けした青年が、子どもほどの大きさのある黄金色の魚を抱えていた。魚があまりに大きくて顔の下半分が隠れ、魚の上から彼の目だけがのぞいているような状態だ。

千羽は龍と顔を見合わせて笑ってしまう。

とたん、千羽のお腹《なか》が鳴り始める。そういえば、朝から何も食べていない。

「そんなに主張しなくても、ちゃんと食わせてやるから」

龍に、呆れたように見下ろされた。

――世継ぎの君の威厳もかけらもない……。

千羽は恥ずかしくなってうつむく。

甲板に、どんっと分厚い木の板が置かれ、その上でハマフエフキが見事に捌《さば》かれる。皿に移すことなく、切り身となったハマフエフキを十人ほどで囲んだ。

塩を小さく盛った皿と箸を渡され、千羽は刺身一切れを口に入れる。

「おいしい……」

「釣れたてだからな」

龍が自慢げに言った。

すると、いい匂いが漂ってきた。

頭を手ぬぐいで縛った料理担当らしき青年が、大きなお盆に木の椀《わん》とおにぎりをたくさんのせて現れた。

渡された椀は、魚の白身と海藻の汁物だった。

千羽はまず、汁をすする。五臓六腑《ごぞうろっぷ》に染みわたるような優しい味だ。

ちらっと、隣の龍を見上げると、ほかの者たちと最近の釣果《ちょうか》について楽しげにしゃべっている。

――呑気《のんき》な。

世継ぎを誘拐したという緊迫感がない。今、龍は陽帝国と豊麗を敵に回しているのだ。

「なあ、龍、おまえ、普段から海で暮らしているんだろう?」

「ああ。そうだ。普段は荷を積んで、島から大陸へ、大陸から島へと行ったり来たり。気ままな暮らしさ」

「誘拐がばれずに済むと思っているのか」

龍が食べる手を止め、横目で千羽を見下ろしてきた。

「心配してくれてるんだ?」

「世継ぎの君として目の前の民を心配してやっているのだ。ありがたく思え」

千羽が威厳を持って告げると、龍に思いっきり笑われた。

――ほんと、むかつく。

「世継ぎの君が約束通り、誘拐の罪を赦《ゆる》して、この船を捜索しなければ、ばれないだろうよ」

――そういえば、真人間になれば赦すって言った覚えが……。

「約束は守る」

「今の反応……約束、忘れかけてたな？」

龍が不服そうに双眸を狭め、小指を差し出してきた。

「約束に指でも切り落とす気か？」

「誰が切るか！　同じ指切りでもこっちのほうだ」

龍が強引に千羽の小指に小指をからめて、ぶんぶん上下に振ってくる。大きく無骨な手がこんな子どもっぽい動作をしていることに千羽は噴き出してしまう。

「何を笑っている？」

龍が顔を近づけてきて文句を言ったあと、周りを見回して声を張り上げる。

「みんなー、見たか？　世継ぎの君は、俺たちのことを罪に問わないって指切りで約束してくださったぞ。だから風向きが変わったら、本島にお返ししよう！」

「がってんだー！」

「すごい人を連れてくるから、内心、どうしようと思ってましたぜー、お頭ー！」

皆、どこかほっとした感じだった。龍が勝手にやらかしたことなのかもしれない。

食事が終わるとまた稽古となる。夜になり、千羽が「もう限界」と、音を上げるところまで続けられた。

千羽が屈んで膝に手を突き、ぜいぜい荒い息をしていると、目の前に竹筒を差し出されたので顔を上げる。

「また睡眠薬入りじゃないだろうな」

警戒すると「じゃあ、俺のと交換してやるよ」と、あっさり自分の水筒を渡してくる。これなら安全だと、上体を起こし、水筒を傾けて一気に口内に流し込む。

――あっつーい！

喉が焼けるようだ。千羽は、ごほごほと吐きだそうとするが、もう遅い。

「おまえ……何を盛った……？」

息絶え絶えに訊くと、龍が困ったように眉を下げた。

「盛ったって、俺の酒を奪っておいて何を言ってるんだ？」

「さ、酒……これが？」

「ああ。米から作った純度の高い酒だ。酒に慣れていないんだな。この水を飲むがいい」

さっき突き返した水筒を差し出される。少し飲んだら水だったので、一気飲みした。

「……ゆっくり飲むということを知らないやつだな」

「だって、躰が熱い……もっと水が欲しい」

「冷ましてやるよ」

「え？」

いきなり、ざっぱーんと水をかけられた。

「いたっ、塩水が目に入っただろう！」

龍が木桶《きおけ》を手に笑っている。

「涼しくなっただろう？」

「この……」

千羽は近くにあった桶《おけ》の水を龍にぶちまける。だが、龍が避《よ》けたので、彼に水が掛からなかった。

それなのに、なぜか龍が上衣を脱いで、ふわっと千羽の肩に掛けてくる。

龍が上半身裸で袴《はかま》だけになっていた。

「え？　な、何？」

困惑して見上げると、龍が少し照れたように目を背けた。

「悪い。おまえの着物、白かった」

千羽は意味がわからず視線を下げる。着物がぴったりと躰に張りついていた。

「いつもこの格好で泳いでるけど、誰も何も言わなかったぞ」

そう言うと、龍に唖然《あぜん》とされた。


その夜、千羽は疲れと酔いで、寝台に倒れ込むように眠りに就いてしまう。今夜こそ船内を調べると決意していたはずなのに、起きたら朝だった。

――しまった！

千羽が苦りきって起き上がると、またしても、椅子の座面を跨《また》いだ龍がこちらに顔を向けていた。ずっと見られていたようで、千羽は顔が熱くなるのを感じる。

「死んだように眠っていたぞ」

「初めて酒を飲んだからだ」

軟弱だと思われたくなくて、稽古がきつかったからとは言わなかった。

「二日酔いは？」

「ない」

「なら、酒に弱くない。一気飲みしなければ、おいしく感じるだろう」

酒が結構いけるとわかって、千羽はまんざらでもない。

その日もひたすら龍と剣の打ち合いをした。夕方になると魚料理に舌鼓《したつづみ》を打つ。酒を口にしなかったのに、またもや朝までぐっすり眠ってしまった。やはり稽古で疲れて起きられないのだ。

翌日もまた稽古だ。まだ三日目だというのに、自分でも上達したのがわかる。ただ、打ち合うだけではなく、龍は重心のことや、相手の動きを利用して倒す方法など、いろんな技術を教えてくれた。

これが役立つときといえば、皇帝を殺すときで、そんな日が来なければいいと思うが、自分の腕が上がるというのは単純に喜ばしいことだ。

稽古をして、みんなでわいわい獲《と》れたての魚を食べるという暮らしは思いのほか楽しく、誘拐されているのを忘れそうになってしまう。母が心配しているだろうに、こんなふうに思う自分はどうかと思うが、帰ろうとしても帰れないのだから、ここで焦っても仕方ない。

「この酒は強くないから、味見してみたらいい」

龍に杯を差し出され、千羽はぺろりと舌先で味わう。今度は杯を傾け、少し飲んでみる。龍が好む米の酒とは違い、度がきつくなくて飲みやすい。

「おいしい」

「だろ?」

龍が得意げに片眉を上げてこちらを見てくる。

「ああ。匂いが華やかでジュースみたいだ」

「桂花陳酒《けいかちんしゅ》という大陸の酒を水で薄めたものだ」

正直、おかわりしたいぐらいだったが、これ以上飲んではまた熟睡してしまう。稽古にも慣れてきたし、今晩こそ、船内を探るつもりだ。

「おっし! 龍、またやるぞ」

千羽が龍の背をばーんとたたくと、龍が呆れたように横目で見てくる。

「おまえ、酔うと陽気になるんだな。もう日暮れだぞ」

「だって、この三日で私が劇的に上達してるのが、おまえならわかるだろう?」

「……ああ、確かに」

龍は手にしていた杯を置き、木刀をつかんでやれやれと立ち上がった。

ところが、千羽は手合わせをしているうちに酔いが回ってくる。

気づいたら、またしても朝だった。千羽が跳ね起きると、今朝も龍が椅子の背に両腕をかけてじっと見ている。

――今度こそ、船を偵察しようと思っていたのに！

「酒に何か盛ったのか」

すると、龍が呆れたように鼻で笑った。

「酒が入っているのに、急に動いたからだろう？　千羽が後ろに倒れていくところを俺が抱えなかったら、そのまま頭を打っていたぞ」

「そうか……。助けてくれて……ありがとう」

その瞬間、龍が複雑な表情になった。少し驚いたような、困ったような、うれしそうにも感じられる、そんな顔だった。

だが、龍はすぐに、いつものきりっとした、それでいてどことなく不遜《ふそん》な表情に戻った。

「ぐうぐう寝やがって。おかげで見張りの俺まで朝食がおむすびだけになった。ほらよ」

そう言って、卓に置いてある大きな葉に包まれたおむすびを差し出してきた。

「ありがとう。お腹、減ってたんだ」

龍は何も答えずに、自分のおむすびをほおばり始めた。変な男《やつ》だ。ここに食べものを持ってこられたのなら、先に食べることもできただろうに。

「龍、さすがに今日は酒はやめておくよ」

「ああ。でも、人間、酒でも飲まないとやってられないときもあるさ」

「そうか……。龍にもそんなときがあったのか？」

「そんなときばかりだ」

龍が片方の口角だけ上げた。無理して笑っているのだろうか。

「好き放題生きているように見えるがな？」

「そうだな……。やりたいと思ったことは全て叶えてきた。叶えてわかったのが、叶えたからといって幸せになれるわけではないということだ」

龍が千羽をじっと見つめてくる。いつになく熱いものを感じて、千羽は思わずごはんを丸呑《まるの》みしてしまう。ごほごほとむせる千羽の背を龍がさすってくれた。そのとき、ふわっと樹木を思わせるような香りが立つ。

——なんだ、この匂い？

お香《こう》なんて使うわけがないから、木刀か何かの匂いだろうか。

だが、背中を這《は》い回る大きな手に、守られているような居心地のよさを感じ、千羽は匂いのことなど忘れてしまう。

水を差し出されたので、千羽は受け取って喉に流し込み、胸をトントンしたら詰まりがなくなった。

そんな千羽を見る龍の目が優しげに細まる。

——こんな表情もできるんだな。

そう思うと、なぜか胸がどきどきと波打つ。顔が熱くなってくる。

すると、龍が困惑したように眉をひそめ、すっくと立ち上がった。

「食べ終わったなら、また特訓するぞ」

「ああ」

千羽も腰を上げる。

龍は、祥賢以上に剣の腕が優れていた。彼の技を身に着ければ、相当腕を上げることができる。

その日も、ひたすら稽古をした。夕方になると、甲板で皆で輪になって食事をする。さすがに酒はやめておいた。

頭上に広がるのは満天の星――。

「わー、すごいなぁ」

「横になってみな」

龍がごろんと甲板に仰向けになった。

千羽も寝転がって大の字になる。

山や建物といった遮《さえぎ》るものが全くなく、上下左右、どこを見ても数多《あまた》の星がまたたいている。

「こうしていると宙《そら》の中にいるみたいだ……」

――風が気持ちいい。

千羽は瞼を閉じた。この風を感じられるのもあと少しだ。内陸地は島とは違い、海風が吹かないそうだ。

「どうした？」

「いや」

いつの間にか、涙がこぼれていたので、千羽は慌てて手でぬぐう。

「おまえ、故郷を離れたくないんだろう？」

龍が肘を突いて、千羽のほうに躰を向けてきた。いつもの問答になりそうで、千羽は口を噤《つぐ》む。

「どうした？」

優しい声と眼差しで尋ねられ、千羽は顔に熱を感じ、手を扇のようにばたばたとさせた。

「おまえ、どこの島出身なんだ？」

「明かすわけないだろう？　焼き討ちにでもする気か？」

「そんなことするか！」

龍が急に真顔になり、「南風だ」と、上体を起こす。

千羽も身を起こした。

「おまえを本島に戻さないと」

龍は立ち上がって船首のほうへと急いだ。

千羽は必要以上に心が沈んでいるのに気づく。この四日間はなんだか夢のようで、急に現実がのしかかってきた。

――私、自分の人生を狂わせた皇帝《おとこ》に抱かれて、子を産むしかないのかな。

とはいえ、後宮の隅《すみ》で無聊《ぶりょう》をかこつ人生もいやだ。それだと一生、島に戻れなくなる。島に戻って母親と再会するには、皇帝に取り入るなり、皇子を産むなりして、なんらかの権力を握る必要があった。

夜になり、狭い寝台で龍と背を向けて横になるが、そんな考えが頭の中でぐるぐる渦巻いて眠れそうにない。

背後から龍の声が聞こえてくる。

「眠れないみたいだな？」

――お見通しか……。

千羽が身を起こすと、龍が寝台から下りて、棚から酒甕《さかがめ》と杯を取り出した。寝台の脇にある卓に酒甕を置くと、柄杓《ひしゃく》で酒をすくい、杯に注ぐ。

「米の酒だ。少し度がきついが、これでも飲んで眠ったらいい。明朝には本島の南海岸に着く」

寝台に座る千羽に、龍が杯を差し出した。

千羽は杯を受け取る。帰路に就いているのだから、今さら船内を調べてもどうしようもない。

「ありがとう」

「昨日みたいに、一気に飲むなよ」

龍が、いたずらっぽく片目を瞑《つぶ》ったが、今日はなんだか寂しそうに見えた。

寂しいのは千羽のほうだ。自分が寂しいから、龍が寂しく見えるだけだ。

――龍が寂しい？

――私が寂しい？　そんなわけがあるか！

千羽は杯をがっと傾けて口の中に流し込んだ。

龍が唖然としている。

「水、いるか？」

「いや、大丈夫だ。これで眠れる！」

千羽は上掛けを頭までかぶって横になった。

だが、龍が寝台に入ってこない。椅子を引いた音が立ったあと、酒を注いだり杯を置く音が聞こえてくるので、卓に着いて酒を飲んでいるのだろう。

「おまえ、南風が吹いてから元気がないな。やっぱり、陽に行くのがいやなんだろう？」

「……そりゃそうだ。私は豊麗が好きだし、女王になれなくなるし、なんといっても憎たらしい皇帝の後宮に入らないといけないし、一旦入宮したら自由に外を出歩けなくなるらしいし、元気になる要素なんかどこにもない」

「そうか……おまえが一番辛《つら》いのに……悪かったな」

「優しい言葉なんかいらない」

そんな言葉をもらったら、泣きそうになってしまう。

「陽の皇帝に嫁《か》すというのは女王の命か？」

「いや、自分の意志だ。豊麗から陽の水軍を引き揚げさせるには、それしかない」

「それで……陽に着いたら、皇帝を殺すのか？　でも、そんなことをしたら、おまえ自身の命も危うい。無事に後宮から豊麗に逃げ帰れるとでも思っているのか？」

「……そんなこと、私だってわかってる！」

そう語気を強めて千羽が身を起こすと、目の前に龍がいて、ものすごく驚いた顔をしていた。

それを見て、千羽は自分の頬に涙が伝っていることに気づく。

龍が寝台に乗り上げ、そっと抱きしめてくる。大きくて厚みのある躰に包まれると、なぜだか涙が止まらなくなった。子どものように声を上げて泣いてしまう。その間《かん》、龍は何も話さず、ただ頭を撫でてくれていた。

しばらくして嗚咽《おえつ》が治まってくると、ぎゅっと強く抱きすくめられる。

「おまえは……馬鹿だ。ずっと泣くのを我慢していたんだな。皇帝を殺そうなんて思うのはやめて、自分の幸せを追い求めろよ」

「……正直、皇帝は殺したいぐらい憎いが、豊麗が攻撃されるようなことがなければ殺したりしない。殺す必要もない。もちろん、皇帝に一顧《いっこ》だにされず、近づくこともままならなくて殺そうにも殺せないかもしれないがな」

「おまえみたいに美しい女が相手にされないわけがないだろう？」

ハハッと笑って千羽は躰を離した。

「それは身びいきというものだ」

そのときの龍があまりに切なげな表情だったので、千羽はとまどってしまう。

「……おまえを陽にやりたくない」

「最初から一貫しているな」

「違う……おまえを離したくなくなってしまった。俺はもう、おまえのものだ」

聞き間違いだろうか。

「私がおまえのものではなく、おまえが私のもの？」

「そうだ。おまえに惚《ほ》れた。俺の心はもう、おまえのものだ。だから、ずっと……俺の腕の中にいろ」

そのとき、千羽の頭をかすめたのは、祥賢が求婚のときに告げたこの言葉だ。

『俺のものになってくれ』

男は皆そうかと思っていたが、違うらしい。千羽は虚を衝《つ》かれたような気持ちになる。

「悪いが……私は私のものだぞ？」

ふっと、龍が小さく笑った。

「何も悪くない。おまえ、やっぱり、おもしろいな」

「そ、そうか」

千羽の心の中に温かな気持ちが広がっていく。

――どうしよう……私、この男のことが好きだ。

「ずっと、俺とともにいてくれ」

「私も……ここにいたい……」

千羽が見つめると、龍が顔を近づけてくる。瞼がゆっくり閉じられ、睫毛が目もとに舞い降りる。千羽は依然、目を見開いたままだ。些細《ささい》な動きでさえも見逃したくなかった。

唇が重なる。唇に初めて訪れた甘美な感触に千羽は酔いしれる。

「………はぁ」

唇が離れると、吐息のような声が自《おの》ずと漏れた。

最初はそっと重なっただけだったが、千羽の唇の口触りを確かめるように龍が上唇を吸い、下唇を啄《ついば》み、唇全体をべろりと舐《な》め上げてくる。

「……ふぅ」

「名は……?」

半ば閉じた酔ったような眼差しで問われ、千羽はうわごとのように「千羽」とだけ答えた。

「……おまえは名も美しい」

千羽は頬にくちづけられる。

「ちは……千羽……千羽……」

龍がその名に慣れようとするかのように何度も名を呼んでは、額に、頬に、首筋にと、くちづけてきた。

千羽は笑ってしまう。

まるで遊び女《め》だ。名前しか知らない男と、こんなことをしている。龍という名とて、本名かどうか怪しいものだ。

「千羽……何が可笑《おか》しい？」

龍が千羽の首をかき抱くように、うなじの下に、たくましい腕を差し入れた。そのまま千羽の躰の上に乗り上げ、左右に膝を突く。

「だって、知らない男とこんなことをしている」

「もう、いろんなことを知っただろう？」

龍が鼻に鼻をすりつけてくる。

「龍がどの島で、どこの海で、何をしてきたのかも知らないのに……？」

「そんなのは些細なことだ」

龍が千羽の耳を食《は》んできた。

「は……」

生々しい感触に、千羽は目をぎゅっと閉じる。

「そうだ、そうやって俺だけを感じていろ。それだけが真実《ほんとう》だ」

千羽は顔を上げて、声を出さずに笑う。

――剣の指導じゃあるまいし。

「また笑ったな……」

再び唇を塞がれたと思ったら、肉厚な舌でこじ開けられた。大きな手でうなじを支え、口腔《こうこう》の奥まで舌で味わい尽くしてくる。

千羽は彼の広い肩にしがみついた。こうしていると、さっきまでの不安が嘘のように消えていく。

龍が一旦、唇を離した。鼻が触れるほどの距離で千羽の顔を見つめてくる。

「千羽は……内から輝くようだ」

唇に唇が重なる。舌で口内をまさぐりながらも、その手が千羽の躰を這《は》っていく。頬から顎の輪郭をたどり、そして首筋を通って鎖骨を越えると、胸のふくらみを上《のぼ》っていく。

その頂点をかすったときに訪れた今までにない感覚に、千羽は上体を跳ねさせ、唇が外れる。目の前の龍の瞳は酩酊したようで、それでいて愛《いと》おしげで、千羽は魔法にかけられたように釘付《くぎづ》けになった。

彼が目を伏せ、顔の位置を下げる。次に彼の唇がとらえたのは胸の先だった。内衣の上から、そっとくちづけを落とす。手でふたつの乳房の輪郭をつかんで盛り上げ、高くなった頂を軽く噛み、そして強く吸ってくる。衣が唾液で湿り気を帯びてくる。

千羽の全身が、ぞわぞわと粟立《あわだ》っていく。

「水をかけたとき、躰の線が露《あら》わになっていたぞ」

不機嫌な声で言われ、誰が水をかけたんだと文句のひとつも言おうとしたが、襟を歯で噛んで引っ張られ、それどころでなくなる。開《はだ》けて露わになった胸の先端は内衣越しの愛撫ですでに敏感になっており、吸うように直にくちづけられれば、そこに全身のあらゆる感覚が集まっていく。

「なんて……美しい……俺にしか見せてはだめだ」

濡れた乳暈に息がかかり、千羽はびくんと肩をすくめる。胸もとに目をやれば、張り出した乳房も、龍の野性的な表情も、寝台の脇にある蠟燭《ろうそく》の炎に照らされて橙《だいだい》に染まっている。彼が再び乳頭を口に含んだ。口内で舌を使って乳首をもてあそんでくる。

「ふ……ふぅ……ふぃ……」

喉の奥から泣き声のような音が出て、千羽は自分で自分に驚いた。

龍が乳首に舌をからめながら、もう片方の乳房に指を食い込ませる。その骨ばった指が立ち上がった突起に当たるたびに、しこったような感覚がした。

——おかしくなる……。

不安がなくなるどころではない。自分自身が溶けてなくなってしまいそうだ。

だから、さっきから龍が訛《なま》っていないことに気づかなかった。

龍もまた、千羽に溺れて理性を失っていたのだ。

龍が、もうひとつの乳頭をじゅうっと強く吸いながら、千羽の帯をほどく。

「ふぁ……あ……」

千羽は吐息のような声を漏らす。愛撫されているのは胸なのに、なぜかさっきから下肢がじんじんと熱い。

——何、これ……変……。

これは誰にでも起こることなのか、それとも自分にだけ起こっていることなのか。ただ、不思議なことに、この疼《うず》きは不快ではなかった。

むしろ圧倒的な快楽を千羽にもたらす。

千羽はあえかな声を上げ、身をよじることしかできない。

龍が乳暈から口を離さずに、帯を床に放って内衣を片手で引き剥《は》がすと、中から短剣が転がり出た。龍は驚きもせず、邪魔だとばかりに短剣を寝台から落とす。細腰をつかんで浮かし、腹部を強く吸って刻印を遺《のこ》した。

「あ……ふぁ……そんな……あぁ、龍……！」

下肢に火を点《つ》けられたようだ。燃えるような躰を持て余し、千羽は敷布に爪を立てる。荒い息を吐き、薄目を開けた。

龍が見ている。じっと観察するように。

目が合うと、彼の口もとに優しさが宿った。

熱い眼差し。

力強い、大きな手。

甘く痺《しび》れさせるような彼の匂い。

躰を這う濡れた舌――。

龍のたくましい腕に包まれると、何も恐れを知らなかったころに戻れる。

「龍……離さないで」

「当たり前だ。離せない」

「ずっとよ」

「ああ、ずっと……」

「あっ」

腰に回された手が下がり、臀部《でんぶ》の円《まろ》みをとらえられた。それに合わせて舌が下腹部まで下がっていき、淡い叢《くさむら》へと入り込む。

龍が千羽の両脚を広げると、舌で小さな突起をとらえた。

千羽は、今までとは比べものにならない圧倒的な愉悦に襲われる。

「な……何……ここ」

龍が答えることなく、その芽を舌先でもてあそぶ。

その艶めかしい感触に千羽は涙を浮かべて身をよじり、太ももで彼の頭を圧してしまう。

龍が両の手を彼女の乳房に伸ばしてきた。頂を指でこね回されれば、千羽は敷布を握りしめて腰をびくつかせることしかできなくなる。

「……龍……私、へん……」

「そうだ。そうやって感じて、俺に全てをゆだねるんだ」

龍が太ももをじゅうっと強く吸ってくる。それで、そこが濡れていることに気づいた。

「あ……やぁ……」

涙目で龍のほうに目をやると、太ももから秘所へと舌を這わせる龍と目が合う。彼の瞳は獲物を前にした野性の獣《けもの》のようだ。

「やっ、そんな目で……」

「……きれいだ」

龍が太ももの間《あわい》にかぶりつき、その秘裂を舐め上げる。

「あっあ……や……そんな、とこ……変、へんよぉ……」

龍が少し顔を上げたと思ったら、舌なめずりしていた。

「我々が普通なわけがなかろう？」

——我々？

千羽が口調に違和感を覚えたところで、龍が再び太ももの狭間《はざま》に顔を埋《うず》めてくる。

水音をたてて蜜源を吸われ、千羽は思考する力を失った。

「ふぁ……あ、あぁ、そんな……やぁ」

千羽が、かかとを彼の背にこすりつけて衣をぐちゃぐちゃにしながら悶《もだ》えているのに、龍はびくともしない。それどころか指で彼女の花弁を広げ、その狭間に舌を強引にねじ込んでくる。

「くぅ……ふぅ……はぁ……」

千羽はだんだん躰に力が入らなくなり、朦朧《もうろう》としてきた。

「まだだ、まだ行くな」

どこに行くというのか。

龍が急に上体を起こしたと思ったら、大腿で彼女の太ももの間に割り入ってくる。舌とは違う、もっと硬く、太く、生々しいものが彼女の芯にあてがわれた。

「あっ……」

龍が片手で細腰をつかみ、昂《たかぶ》りで隘路《あいろ》をこじ開けてくる。濡れに濡れたそこは、なめらかに怒張を迎え入れた。

「千羽、少し我慢してくれ」

そう言うやいなや一気に突いてきて、腹の奥まで彼の滾《たぎ》ったもので埋め尽くされる。

「んぅ……いっ」

痛みに驚き、千羽はとっさに彼の胸板を突っぱねた。

「やめたほうがいいか？」

なだめるように龍が千羽の頭を撫でてくる。

千羽は、すがるように彼の背に手を回した。

「かわいい千羽……これが答えだな」

龍は少し後退《あとずさ》って、半ばまで抜くと再び奥までゆっくりと押し込んでくる。

「うっ、や……あ」

痛いのに、悦《よろこ》びがあふれ出す。

「千羽……そんな……きつっ……力、抜いて」

彼の切なそうな声が頭上から降りてくる。それだけで千羽の心は震えた。

龍が再び腰を退《ひ》き、蜜壁をずるりとこすられる。こんな動きさえも快楽に変わった。

「あ……龍……！」

引きとめるように千羽が声を上げれば、再び、最奥まで穿《うが》ってくる。水音を立てながら、こんな動きを繰り返されていくうちに、頭の中に霞《かすみ》がかかってきた。

「千羽……大切にする……ずっとだ」

龍が背を反らし、小さく前後に腰を揺すってくる。

「あ、ああ……！　あっあっあっ」

龍とひとつになったような陶酔は麻薬のように痛みを忘れさせた。千羽は絶頂へと昇り始める。

「千羽、ともに達《い》こう」

「あ、ふぁ」

千羽が全身をわななかせたところで、腹の奥で熱い飛沫《しぶき》がほとばしる。

「くっ」と、うめくような声を聞いたのを最後に、千羽はふわふわと雲の上にでも浮かんでいるような境地へと達した。

どのくらい時間が経ったのだろうか。ようやく微睡《まどろみ》から這《は》い出たとき、千羽は一糸まとわぬ姿で彼のすべすべした胸に身を預けていた。

——ん？　すべすべ？

いつの間にか龍が全裸になっていて、千羽の髪を撫でている。千羽が見上げると、彼の瞳が優しく細まった。

千羽は急に我に返る。ともに生きていくことを前提とするような睦言を交わすなんて、なんということだ。

――私がこの男と消えたら、豊麗がどんな目に遭うか。

龍は千羽の変化を感じ取ったのか、いぶかるように双眸を狭めた。

「どうした?」

「……これからのことを考えていたんだ」

――こいつは、どういうつもりで私を抱いたのか。

龍が、顔が向かい合うように千羽を引き上げ、軽くくちづけた。

「俺とともに生きるんだ」

――やっぱり、そういうつもりか。

「そうしたら……豊麗は陽に攻撃されてしまう……」

「心配するな。あんなの脅しにすぎない」

――だめだ、わかってない。

千羽は身を起こして、仰向けの龍の顔を見下ろす。

「龍……私は皇帝の子、皇子を産むつもりだったんだ」

龍が刮目《かつもく》した。

「私を手離したくない母に、皇太子を産んで陽帝国で権力を握り、再び豊麗に戻ってくると言い、励ました」

龍が無言のままだ。

「笑ってくれ。おまえの言う通り、すでに美姫が四人いる後宮で、皇帝は私など相手にしないだろう。しかも今、純潔を失った」

龍が千羽の膝に頭をのせて見上げてきた。

「千羽は美しい。顔だけじゃない。全てが、だ」

千羽は、龍の頭を撫でる。

「井《い》の中《なか》の蛙《かわず》だから、そう思うんだ」

龍が何かもの言いたげになったが、彼の口は動きかけてすぐに閉じた。しばらくして、ぼそりとつぶやく。

「では、なぜ俺に躰を許した？」

――酒のせい……だけではない。

「わからない。だが、おまえの子なら、きっと世をうまく統治してくれるんじゃないかって思ったんだ。なんの根拠もない、ただの勘だ」

「俺の子が統治？　どういうことだ？」

「私が、豊麗の男との子を孕《はら》んで嫁《とつ》げば、いずれ陽帝国は豊麗のものになるも同然だろう？」

龍が、がばっと起き上がった。唖然としている。

「千羽が、俺の子を産むと……？」

「今、孕んでいたとしたら、の話だ」

「そうか……誰とも知れぬ、俺の子を……」

龍は信じがたいという感じでつぶやくと、千羽を押し倒してきた。

「わっ！　何を……！」

これから生まれるだろう子を祝福するかのように、龍は、千羽の下腹にそっとくちづける。千羽の腹に頬を寄せ、腰を抱きしめてきた。

意外な反応に千羽は驚きつつも、心が温かくなるのを感じる。彼の頭を両手で包んだ。

「痛むのか」

「ん……少し」

龍が自身の躰を下にずらして内ももに舌を這わせてくるものだから、千羽の全身が波打つ。

「血だ」

彼がべろりと太ももを舐め上げた。それだけで、植えつけられたばかりの官能が蘇《よみがえ》ってくる。

「ふ……」と、千羽はあえかな声を漏らす。

「……感じやすくなったままなんだな」

龍が身を起こし、千羽を自身の腰に下ろす。

千羽は向かい合って彼の腰を太ももで挟んでいた。秘所はすでに甘露《かんろ》にまみれ、自身の下腹に添うように彼の硬いものが反《そ》り上がっている。

その生々しい感触に、千羽はぶるりと震えた。

「俺の子を産んでくれ」

千羽の目の前に龍の顔があり、その瞳は真剣そのものだった。

「もし孕んでいたら……の話だ」

「孕むまで何度も子種を注いでやる」

唇を押しつけられ、千羽が後ろに倒れそうになったところで、うなじを大きな手で支えられる。乳房が厚い胸板に圧《お》され、それがまた新たな快感を生む。

肉厚な舌で口内を支配されれば、甘い痺れに包まれる。何かにつかまっていないと自分を見失ってしまいそうで、千羽は彼の腕をつかむ。たくましい筋肉を指で感じれば、それだけで腹の奥で何かが蠢《うごめ》き始める。

深いくちづけを交わしていると、大きな手がふたりの間にねじ込まれ、乳房全体を覆ってきた。しかも、すでに尖《とが》った乳首を親指でこりこりともてあそんでくる。

千羽は喉奥で声を漏らし、躰をびくびくさせることしかできない。手が乳房から下へと這っていき、龍が、千羽の脚の付け根に中指を沈めてくる。

「ぁあ」

千羽が顎を上げ、唇が外れた。頭頂で結ばれた髪が馬の尾のように跳ねる。

「よく濡れてる」

長く骨張った指がつるりと彼女の奥まで入り込んだ。

「あ……ゆ、び……そんな……」

「指なら、そんなに痛くないだろう?」

ぐちゅぐちゅとあふれる蜜をかき出しながら、千羽を後ろに傾けて腕で支え、胸の谷間に頬を寄せる。千羽は思わず彼の頭を優しく包んだ。

龍が顔を上げる。陶然とした瞳をしていた。

「わかるか?　自分の中がひくついているのが」

「えっ」

確かにさっきから腹の中で、ぎゅうぎゅうと彼の指を抱きしめている。

「俺を欲しがっている証拠だ」

真顔でそう言うと、龍が指を上下させて蜜壁をこすってくる。

ある一点をこすったときに、千羽は「あぁっ」と嬌声《きょうせい》を上げ、びくんと背を弓なりにした。

「見つけた」

龍は喜色を含んだ声でつぶやくと、背を丸めて乳頭を吸い、そうしながらも指で千羽の弱点を突いてくる。

「あっふぁっ……んっくぅ……やっあっだめぇ、おかし……りゅ……う！」

千羽は声が止まらなくなり、躰全体を突っ張らせる。

「待て、まだだ、千羽」

龍が千羽の腰を少し浮かせ、張りつめたもので下から最奥まで一気に穿ってきた。

「いっ」

「痛むのか……」

「……でも……いいの……このまま……」

「千羽……かわいい……千羽……」

腰をつかまれ、躰を上下されれば、蜜壁だけでなく乳頭が彼の胸板でこすられる。衣服越しのさっきとは全く違う。汗で濡れた肌と肌が吸いつくようだ。

「あ……りゅ、龍……あっ……ん」

千羽は龍に少し持ち上げられる。さっき指で見つけられた浅瀬の弱いところを切っ先で、ぐっぐっと何度も押され、自身の中がひくひくと悦《よろこ》んでいるのがわかった。そのたびに水がかき出されるような音が立つ。

千羽が朦朧としてきたのを察したのか、龍が再び奥まで押し上げ、何度も上下に揺さぶってきた。

「こんな気持ちになったのは……初め……てだ」

龍がうめくように言ったが、千羽には届かなかった。快楽の奔流《ほんりゅう》に呑《の》み込まれて自身を見失っていたのだ。

しばらくして千羽が意識を取り戻すと、龍にぎゅっと抱きしめられる。力強い。この男は全てが強靭《きょうじん》だ。

動きも躰も、そして心も――。

――今は龍のことだけ考えて、ほかのことは全て忘れよう。

千羽の瞳から、いつしか涙がこぼれていた。


次に千羽が目覚めたときには、部屋は明るくなっていた。そこには誰もおらず、自分の躰に目をやれば、ここに連れてこられたときの服をまとっている。腰に手を当てると、ご丁寧に短剣まであった。

訝《いぶか》しく思って千羽が起き上がると、枕元の書き置きが目に入る。子どものような字だ。

『千羽なら、皇帝だって夢中になるよ。龍』

千羽は目を疑った。

昨晩の龍は自分に惚れていた――ように見えた。

これからともに歩むような甘言を何度も繰《く》った。

そして今、手中にある手紙は、皇帝に嫁ぐのを勧めるような内容である。

つまり、本島と無数の島々を束ねる女王の世継ぎが、ゆきずりの美形にまんまと騙されたということだ。

──そんな馬鹿な……。

千羽はその書き置きを握りつぶし、くしゃくしゃと丸める。

「字が下手すぎなんだよ！」

狭い部屋の壁に投げつけた。が、この世から抹消したくなり、千羽は手紙を拾って燭台《しょくだい》の炎で燃やす。ふっと息を吐いて炎を消すと、船室から甲板へと出た。

船は接岸してあり、ご丁寧に岸に渡る板まで掛けてある。砂浜からすぐのところにある並木の最も手前の樹木に馬がくくりつけてあった。あれに乗って帰れということか。

──ある意味、至れり尽くせりだな。

ここは本島の南海岸だ。馬を飛ばしても、城に戻るころには日が暮れているだろう。つまり、世継ぎの君は、五日間失踪していたことになる。明後日が引き渡し日だ。女王や官吏はさぞや肝を冷やしていることだろう。

──全速力で戻らないと！

千羽は馬の鐙《あぶみ》に片足を乗せると、ひらりと馬に跨《またが》る。

「いてっ！」

下肢に奔《はし》ったその痛みは愚かな自分への罰のように感じられた。

馬で飛ばして半日、豊麗城に着いたときにはもう空が茜色《あかねいろ》になっていた。母がどんなに心配しているのかと執務室に駆けこんだが、母は千羽を見ると笑ってこう言った。

「祥賢に求婚されて逃げたんだって？　国の一大事のときにやることじゃなかったって反省していたぞ」

――正直にもほどがあるよ、祥賢！

失踪の本当の理由を言わずに済んで助かったものの、求婚されて逃げたことは母親には黙っておいてほしかった。

「母上、ご心配をおかけしました」

母が急に真剣な表情になる。

「おまえのことだから必ず戻ってくると思っていたが、正直、戻ってきてくれないほうがいいと思う気持ちもあった。明日引き渡しになるが……それでいいのか？」

――明日!?

千羽は、どうも一日勘違いしていたようだ。

――本当にぎりぎりになってしまった。

そんな動揺を隠して、千羽が覚悟を決めていることを告げようとしたとき、「おー！」と窓外から気勢を上げる声が聞こえてきた。武士たちは城の広場にまだ居座っているのだ。

――龍といい、武士といい……何が反陽帝国だ！

「母上、女王の着物と化粧品を貸していただけますか？」

千羽は色とりどりの衣を何枚もはおる女王の衣裳《いしょう》を身に着け、上瞼から目尻にかけて深紅のアイラインを引き、唇を深紅で彩ってもらう。広場に姿を現すと、武士たちが歓喜の声を上げた。千羽は円型の檀上《だんじょう》に立つ。

もうすっかり暗くなっていて、視界は月の光と松明《たいまつ》の炎が頼りだ。

「皆、危険を顧みず、城に集まってくれて感謝しておる」

血気盛んな青年が立ち上がった。

「世継ぎの君、我々が力を合わせて戦えば、陽の船など追い払えます！　ここにお留《とど》まりになりますよう、お願い申し上げます」

——私のことを何も知らないのに、よく言う。

酔っぱらってゆきずりの男と盛り上がって処女を失ってきたところだと知っても、彼らはこんなに熱くなれるものだろうか。

そんな冷めた心を吹っ切って、千羽は声を張り上げる。

「だが、私は陽に行く！」

ざわめきが起こるが、千羽は続ける。

「私は決して行かされるのではない。自らの意志で行くのだ。悪いが私から見れば、今のそなたたちは、陽の皇帝と同じだ。自身を過信して、無駄な血を流したがる」

その威容に圧倒されて、男たちは無言になった。

しばらくして、皆が「無駄な血ではありません」「まだあの船団を撃退することをあきらめないでください」などと、口々に意見を述べ始める。

が、千羽はそんな男たちを冷めた眼差しで見下ろしていた。

「皆の気持ちはありがたくいただく。だが、私の戦いはこれからだ。もし、皇帝が我が国に不利益なことをするようなことがあれば……こうだ！」

千羽はものすごい速さで頭からかんざしを抜き、自身の首の前で喉をかき切るような所作をしてみせた。

皆が度肝を抜かれている。

半ばやけくそだ。今の千羽の一番の悩みといえば、どうやったら処女を偽装できるのか、その一点だというのに。こんなことは情けなすぎて、自分を高く評価してくれている母に相談などできない。

武士たちは畏《おそ》れ入り、千羽が陽帝国に行くことに誰も反対しなくなる。早速、女王の姪《めい》を養女にしてはどうかなどと提案する者も出てくるほどだった。

それからはもう、準備でてんてこまいだ。翌日には豊麗を出港するので、船上生活で必要と思われるものを急いでかき集め、梱包《こんぽう》が終わったのは当日の朝だった。

——友に別れも告げられなかった。

それだけが心残りだ。特に、告白されて逃げたままになっている祥賢のことが気になっていた。恋愛感情こそないものの、剣の師匠であり、剣でお互いを高め合ってきたよき友でもある。一生会えないかもしれないのだから、仲直りしたかった。

そんなことを思いながら、千羽は輿《こし》に乗った。国威を示すための、黄金の装飾が付いた紅色の輿だ。千羽は何人もの男たちに担がれて坂を下る。

砂浜に着き、御簾《みす》越しに外を見遣《みや》れば、太陽に模した陽帝国の紅《あか》い三角旗が何流もはためいており、その前に陽帝国の将軍と官吏、そして豊麗の官吏がずらりと並んでいる。

輿が下ろされ、千羽は砂浜に降り立った。振り返って空を仰ぐ。

青い空を背景に聳え立つのは、生まれてから今までずっと過ごしてきた紅色の城だ。

――なんて、美しい！

今まで当たり前すぎて、ちゃんと見たことがなかったように思う。瞳に涙がにじむ。

視線を下ろせば、並木道や砂浜に人があふれ返っている。世継ぎの君が姿を現したものだから、皆が歓声を上げていた。

「ちはねえ～！」という、祥賢の幼い妹のかわいい声が聞こえたかと思うと、祥賢が走り出してきた。

「これを」

祥賢が大きな巻貝を差し出してくる。千羽は巻貝を受け取り、耳に当てた。

「海の音がする……」

そのとき、なぜだかわからないが、千羽は泣きそうになった。だが、きゅっと口を閉じて耐える。世継ぎの君が泣きながら陽帝国の官吏に連れて行かれるなんて、そんなことはあってはならない。言葉を発したら、泣き声になってしまいそうなので、ただ、ゆっくりとうなずいた。

「この音を聴いて、島の海を、砂浜を、思い出してくれ」

祥賢の切実な声に、千羽はできるだけ口角を上げて笑みで応えると、くるりと身を翻《ひるがえ》した。陽帝国の官吏に先導されて小舟に乗る。豊麗には大型船を泊められる港がなく、小舟で沖に浮かぶ巨大な帆船へと移る必要があるのだ。

千羽は小舟の中央に座り、瞼を閉じた。

温かな日差しの中、自分の頬にあたる涼しい海風。頭上では、キャッキャッと鳴くアジサシたちのにぎやかな声がする。羽をしきりにばたつかせて飛んでいるのが目に浮かぶようだ。

——この島は私の全てだった。

今ごろになって、千羽は気づく。

——この島を離れて生きていけるのか。

そんな問いが頭にこだまする。急にこの島が自分の一部のように感じられた。だからこそ、ここを離れるのが身を切るように辛い。

陽帝国水軍の帆船は、帰路に就くべく船尾をこちらに向けていて、そこには勇ましい龍が描かれていた。近づいてくるにつれ、千羽は船の大きさに驚く。まるでひとつの街のようだ。

——どうやってこんな大きなものを作ったんだ？

小舟が側面へ回ると、船上から、太い紐で結ばれた鞦韆《ブランコ》のようなものが下ろされ、船の脇で止まった。小脇に大きな貝を抱えて座面に乗ると、千羽はゆっくりと引き上げられる。

こうして千羽は一ヶ月の間、陽帝国の帆船に揺られ、後宮までたどり着いたというわけだ。

第三章　当方、処女なもので

今、千羽は青龍殿の皇帝の寝台の脇で、円型の銀の香炉に鼻を近づけていた。

——なぜ、ここから龍《りゅう》の匂いが漂っているんだ？

「動くな」

低いかすれ声がした。

気づけば、耳のすぐ下に鋭利なものが食い込んでいる。背後から手が回り込み、腹を抱き寄せられた。

——やっぱり！

千羽は上体をひねって後ろを向き、男の頬を手で押しのける。

「おまえ、よくも騙したな！」

千羽に頬を突っぱねられた男は、龍だった。千羽のかんざしを手にしている。船で捨てられたと思っていたが、龍が持っていたのだ。

龍は、ここでも無造作に髪の毛を後ろでくくっただけで、以前と違うところといえば、着物が麻から絹に変わったぐらいである。

——そういえば皇帝の名は威龍《ウェイロン》だ。

龍がかんざしを、千羽の頭頂にある三つ編みの団子に挿《さ》した。

「かんざしがないと、皇帝を殺せないだろう？」

彼の双眸が優越的に細まる。

――最悪！

知らず知らずのうちに皇帝に手の内を明かしてしまった。世継ぎ失格だとつくづく思う。

龍が背後からぎゅっと抱きしめてきた。

【千羽《ちは》、会いたかった】

豊麗語で名を呼ばれれば、すぐさま甘い記憶が蘇る。本当は、ずっとこの温《ぬく》もりが欲しかった。喉もとまで熱いものがこみあげてきたが、ぐっとこらえる。

「千羽《チエンユー》も俺と会いたかったんだろう？」

陽語で問われ、千羽は、はっとした。

この男は龍《りゅう》ではない、龍《ロン》だ――。

千羽は再び上体をひねって、龍の胸に手を突いた。

「本当に皇帝なら、なんであんなところにいたんだ⁉」

両手を取られ、ぐいっと引き寄せられる。頬を彼の胸板に預けることになった。

「千羽に会いに行ったんだよ」

「そんなわけ、ないだろう！」

手首を龍に握られたまま、千羽は上半身を離す。だが、下肢は密着したままだ。

「そんなこと、ある……」

龍が瞼を半ば閉じ、顔を近づけてくる。

千羽はつい、うっとりしそうになって慌てて龍の顔に頭突《ずつ》きを入れた。

「なんなんだ」

龍が眉をひそめ、頭をぶつけられた口もとを押さえた
「ちゃんと答えろ。なぜ皇帝自ら、豊麗くんだりまで行ったんだ？」

「会いにいったというのは本当だ。辺境の島国の母娘が、この俺に逆らったと聞いて興味をそそられた」

「もしかして、陽人に私を襲わせたのも、おまえの差し金か？」

「ああ。俺の軍に、あんなちんぴらがいるわけないだろう？　演技だよ。憎き陽軍に襲われた哀れなお姫様を助けて油断させたところでさらうつもりだったんだが……あっけなく倒されて度肝を抜かれたよ」

「相手が悪かったな」

得意げに笑えば、龍が破顔して頭を撫でてくる。

「辺境にいるのに誇りばかり高い母娘と馬鹿にしていたが、俺の知っているどの人間よりも、おまえは魅力的だった」

「辺境、辺境と言うな！　自分を中心に考えすぎだ。こっちからしたら、陽の都のほうがよっぽど世界の果てなんだから」

「そうだ。おまえがいるところが世界の中心だ。俺は感動したんだ。自分より国のことを考える為政者《いせいしゃ》、いや為政者見習いか。そういう娘がいるんだなって」

——本当に、こいつは人たらしだ。

いつも千羽の弱いところを突いてくる。

龍が顔を傾けた。くちづけの前に手で遮ることもできたはずなのに、できなかった。艶めいた瞳を向けられれば、あの夜の恋情が再燃する。

唇が唇を覆うように重なり、やがて肉厚な舌が歯列をこじ開けてくる。ゆっくりと口内に入り込んだ舌は以前と変わらないことを確認するかのように中を舐め尽くしてきた。

――頭が蕩《とろ》けそう……。

唇が離れると、鼻と鼻が触れ合うような近さで龍がこう言ってくる。

「あのときの置き手紙は俺の本心だ」

「あんなの、字が下手すぎて読めなかった」

彼の目を見ていられなくて、千羽は龍に背を向けた。

今思えば、外国人だから文字がたどたどしかったのだ。

龍が背後から抱きしめてくる。腹の上に彼の大きな手が重なっただけで、下肢が熱くなった。しかも、背に躰を密着させ、耳もとで囁《ささや》いてくる。

【千羽なら、皇帝だって夢中になるよ】

一語一語を強調するかのように、龍がゆっくりと発音した。

耳に熱い息がかかり、千羽はぞくぞくと快感に侵《おか》される。

「千羽……おまえは俺の子を産んでくれるんだろう？　俺の子を産んで、この国を豊麗のものにするんだろう？」

──くー！　私、しゃべりすぎだろ！

千羽はだんまりを決め込んだ。

「千羽に乗っ取られるなら本望」

次の瞬間、千羽は上半身だけ寝台に倒されていた。寝台に手を突いて起き上がろうとするが、背後から彼の大きな躰に覆われ、身動きが取れない。

「乗っ取られたいなんて、変な皇帝だな」

千羽が顔だけ背後に向けると、龍の瞳が憂いをまとっていて、どきりとする。

「そうだ。おまえのせいだ。この三十四日の間、会いたくて会いたくて……気が狂うかと思った。俺の心はもう千羽のものだ」

『俺はもう、おまえのものだ』

船上でも彼はそう言った。この言葉は忘れようとしても忘れえなかった。恋を知らずに育った千羽には、自分がこの男に惚れているのか、それとも自分が快楽に溺れやすいのか、よくわからない。ただ、龍にこうして自分の全てを肯定されれば、かじかんだ心に陽が差してくるようだ。

だが、千羽はもう、男に溺れたくなかった。自分の浅はかさがとことんいやになったところだ。

「私は……私だけのものだ」

それは、なけなしの抵抗だった。

「いい。それでもいいから、これ以上、焦《じ》らすな……もう……余裕がない」

一転して切なげになった声に耳をくすぐられれば、千羽の全身から力が抜けていく。しかも、龍が背後から耳朶《じだ》を口に含んだものだから、千羽は、ぞくっと小さく背を反らせる。

「三十四日分、責任取ってもらうからな」

彼の手が千羽の前身頃に回り込み、胸の上の帯を一気に腹までずり下げ、襟を左右に広げる。それだけで乳房が開放された。その先端が敏感になったのは、外気に触れたせいか、それとも甘い予感のせいか。

千羽は寝台の脇に立ったまま上掛けに手を突き、尻を突き出すような体勢になる。下向きになった両乳房に腕を回された。胸が圧迫され、乳頭が肌触りのいい袖とこすれただけで、全身に快感が奔《はし》る。

千羽は顔を傾け「……んあ」と、気だるい声を上げてしまう。

龍がもう片方の手で裳《スカート》をまくり上げ、千羽の臀部を露わにする。そこに下肢を寄せられたとき、臀部の谷間に硬いものを感じた。この硬さ、形を、千羽はもう知っている。千羽を中から圧迫し、奥まで埋め尽くしたことのある彼の熱情――。

ぶるりと千羽が震えたところで、大きな手で下腹を支えられた。その手は迷いなく、千羽の脚の付け根へと進んでいく。その動きに呼応して千羽の臀部が持ち上がっていった。太ももに蜜が伝う。

彼の指が敏感な芽に触れたとき、千羽はびくっと腰を跳ねさせた。だが、彼の手はそこに留まることなく、露にまみれた叢《くさむら》を進み、ぬかるみに指を沈ませる。

「は……ぁあ」

「千羽、俺を待ちかねていたようだな」

「……そんなこと……な……ぃ」

「そんなことあるよ」

中をゆっくりとかき回しながら、龍がもう片方の手で、乳首を引っ張ってそのまま先端をねじってくる。しかも、生地越しに漲《みなぎ》りを押しつけられた。

「あっ、あぁ！」

「今……締まったぞ」

喜色を含んだ声をかけられれば、千羽の中がひくついて応える。

「千羽も俺が欲しいんだな。俺なんか……ずっと欲しくてたまらなかった」

指を抜かれるときに蜜壁をこすられ、それすらも快感に変わった。

龍が少し躰を離したと思ったら、帯をほどく音がした。動きが性急で、すぐに彼の寝衣が床にぱさりと落ちる。次に腰を寄せられたときはもう布越しではなく、彼の弾力あるものが直に当たっていた。迷いなく隘路を押し開いてくる。

「あっ」

――龍が……中に……。

「やっと……やっとだ……千羽」

龍が背後から滾りきった欲望を打ちつけてきた。彼が手で股ぐらを覆って下肢を固定しているものだから、奥までみっしりと塞がれる。形を覚えこませるように、龍が奥を揺さぶってきた。

「あ……ぁあ……あっ……」

千羽は足で床を踏みしめたまま、腰をびくびくとさせる。

「もう痛みはなくなっているはずだ。そうやって快楽だけをむさぼっていろ」

龍が、片方の胸をいじっていた手を広げてふたつの乳首を同時にくすぐり始める。そうしながらも、腰を退《ひ》いては、再び深くたたきつけてくる。そのたびに乳房は弾《はず》み、しこった尖端《せんたん》が彼の指に当たり、千羽は顔を上げて遠吠《とおぼ》えするように啼《な》く。

「ぁあ！」

千羽は腕で躰を支えていられなくなって前のめりに倒れ、上体を寝台に預けた。

「まだ……これからだ」

寝台にすがりつくような体勢になっている千羽の太ももを抱え、龍が彼女を寝台に持ち上げて背を覆う。千羽がうつ伏せ寝になっても繋《つな》がったままで、違う角度で中を抉《えぐ》られた。

千羽は上掛けを握りしめる。瞳には涙がにじみ、口の端から滴りがこぼれた。だが、そんなことを気にする余裕など千羽には残っていない。

「いい眺めだ……」

龍が千羽の太ももを左右に開いた。これでは、ふたりが融《と》け合う際《きわ》が丸見えだ。

舌なめずりでも聞こえてきそうな口調に、なぜか千羽は感じてしまい、中をひくひくと痙攣《けいれん》させる。

「ぁあ……俺を感じているんだな」

龍が千羽の左右に手を突き、腰を前後に動かしてきた。根元を押しつけられるたびに、千羽は前へ前へとずれていく。その律動に合わせるように、千羽の喉奥から「ぁ、ぁ、ぁ……ぁ」と、あえかな声が漏れ出る。

龍が上体を倒して千羽の背に密着させた。大きく温かな躰に包まれ、じゅっじゅっという蜜をかき出すような音とともに抽挿を繰り返されていくうちに、龍との境目がなくなっていく。

「ぁ……わ、私……！」

千羽はひと際、腹の奥で彼自身を締め上げ、やがて弛緩《しかん》した。

「……千羽……俺を殺す気か……」

そうつぶやいて、龍は彼女の中で爆《は》ぜる。そのまま抜かずに千羽の背中を見下ろし、肩で息をしていた。

顎に伝った汗が千羽の背に一粒落ちていく。


千羽が微睡《まどろ》みから覚めたら、龍に覆《おお》いかぶさっていた。頬に触れているのは彼のたくましい胸板で、龍も
千羽も何も身にまとっていない。

「千羽、しばらく寝ぼけてた」

彼の声はとてつもなく優しい。いつもと同じ低い声なのに印象が全然違う。

「……私がここに来てから、どのくらい経った？」

「一刻《ひととき》（二時間）ぐらいかな」

「そうか」

とてつもなく長い時間のようにも、一瞬のようにも感じられたが、やはり四半刻で〝エッチ〟をするのは
無理な気がした。

「なぜそんなことを訊くんだ？」

「おまえに抱かれていると、時間の流れがわからなくなるんだ」

そのとき、びくっと彼が全身で反応した。

「……煽《あお》っているのか」

片目を狭めて、龍がなぜか苦しそうな表情をしている。

「煽る？」

扇で煽っていないし、おだててもいないし、酒を一気飲みしていないのに、煽るとはどういうことか。

「さっきは余裕がなかったが、今度はゆっくり愛してやる」

龍が起き上がったので、千羽はそのまま龍の膝に座って向き合うことになる。

「でも、もう一刻も経ったんだろう？」

すぐに妃のもとを去るという侍女の話からしたら、もう四日分だ。

「もうじゃない。俺は人員と積み荷をとことん減らして最大船速で陽に戻って、溜《た》まりに溜まった仕事を前倒しで片づけた。明日も明後日も政務をいれていない」

「どういうことだ？」

「こういうことだ」

龍に、片膝をつかまれてぐいっと上げられる。

千羽は「わっ」と叫んで後ろに倒れそうになった。だが、倒れる寸前に龍の手が背後に回り込んで、背を支えられる。

「千羽の躰を探検し、頭の中に地図を作る。おまえを愛し尽くすためだ。世界征服よりもよっぽど意義がある」

皇帝が野心的な眼差しを向けて真面目に言ってくるのがこんな内容でいいのだろうか。

――頭、おかしい。

膝裏をべろりと舐め上げられ、千羽はびくんと大きく脚を跳ねさせる。

「そんな、欲しそうな顔をして……それより、このくるぶしに巻いている布はなんだ？」

――あ、忘れてた！

当初、この部屋に来たときは処女捏造《ねつぞう》で頭をいっぱいにしていたというのに、意外なことが立て続けに起きて、それどころではなくなっていた。

千羽は起き上がり、傷口に巻いた布の結び目をほどくと、くるぶしを敷布にこすりつける。

「出血しているじゃないか。傷口が開くぞ」

龍が唖然としている。

「開かせているんだ」

敷布についた血痕を見て、龍がはっとした表情になった。

「破瓜か」

「処女じゃなきゃ突き返されるって脅したのは、おまえだろう！」

「そういえば……言った。そんなこと」

龍が手で口を覆った。笑いをこらえているのか、過去の発言を反省しているのか。

「実は俺も同じことを考えていたんだ。自分の足指でも切ろうって」

千羽の憶測はどちらも外れだった。

「なんだ、皇帝自ら処女偽装工作か」

「皇帝は支配者だからこそ、多くの視線が注がれていて監視されているようなものだ」

「それで、皇帝が女のところに通うしきたりを無視したのか？」

「前王朝のしきたりなどどうでもいい。一番の理由は、どれだけ抱いても抱き足りなくなりそうだからだ」

龍が指先で千羽の顎を上げ、艶めいた眼差しを向けてくる。

千羽はなんと答えたらいいかわからず、うつむいて傷口をごしごしと敷布にすりつけた。

「まさか、千羽が血を流すことになるなんて……すまない」

素直に謝られて、千羽は面食らう。

「いや、自分が酔っ払ってゆきずりの男としてしまったのだから、自分で落とし前をつけないと」

龍が忌々《いまいま》しそうに双眸を狭めた。

「その〝ゆきずりの男〟の前で言うか？」

聞こえないふりで、千羽が場所を移して傷口を敷布に押しつけていると、足首をとられる。

「殺人現場にでもするつもりか。もうやめろ」

敷布のあちこちが血だらけになっていた。

龍が千羽の足もとにひざまずき、くるぶしの傷口を舐め上げる。

「あっ」と、千羽は左右に手を突いて、びくっと腰を浮かせた。

すると、龍が優越的な笑みを向けてくる。

「これだけで感じるなんて、鍛えがいがありそうだな」

「稽古みたいなこと……言うな！」

龍がこれ見よがしに何度も舐めては口に含んでくる。無反応を決め込みたいところなのに、足が勝手にふるふると小さく揺れる。

龍がかたわらの戸棚に手を伸ばし、引き出しから蓋《ふた》付きの容器を取り出した。くるぶしに薬らしきものを塗ると、器用に包帯を巻いていく。

「まさか、千羽のために使うことになるとは……」

「こんな傷、すぐに治る」

「そういう問題じゃない」

龍が足首をつかんで掲げた。これでは秘所が丸見えである。千羽はものすごい勢いで、上掛けを引き寄せて大事なところを隠す。

「千羽にも、恥ずかしいって気持ちがあるんだな」

つまらなさそうに言って、龍がふくらはぎに舌を這わせ、膝裏を舐《ねぶ》ってくる。

千羽はまたしても脚を揺らしてしまうが、感じてではない。くすぐったくてだ。千羽は声を出して笑う。

「く……くすぐったい……だろっ」

「まだ子どもだな……」

「大人だってくすぐったくなるだろ……ふはは」

「まあ、そういうのを探るのもいいか」

龍が足裏を指でこちょこちょしてくるものだからたまらない。

ふひゃひゃひゃひゃと千羽は笑ってしまう。

「ここはどうだ？」

龍が顔の位置を千羽の顔の近くまで上げ、ふーっと首に息を吹きかけてくる。ここもだめだ。笑ってしまう。しかも、脇の下まで指先でこちょこちょしてきた。骨ばった大きな手がこんな細かい動作に使われていること自体が可笑《おか》しい。

「や、やめ……りゅー……！」

涙目で笑いながら龍のほうを向けば、まっすぐに見つめ返され、千羽の心臓はどきんと跳ねた。

「龍《ロン》と呼べ。私も千羽《チエンユー》ではなく千羽《ちは》と呼べば公平だろう？」

「龍《ロン》、ロンロン」

豊麗の人間にしてみたら、犬の名前のようだ。

「おまえの声でそう呼ばれたかったんだ」

犬のように呼ばれたというのに、龍が満足そうに頬ずりしてきた。

千羽は噴き出しそうになる。皇帝の願いにしてはささやかすぎだ。

「今、笑っただろう？」

じろっと睨まれ、千羽は顔を小さく左右に振る。

「肌を重ねているから笑いの振動が伝わってきたぞ。……それにしても千羽の躰は冷たいな」

「寒いんだ」

「この部屋が、か？」

「ああ。春だというのにこの国はまだ寒い……。だが、おまえに脱がされなければ寒くならなかった」

千羽の恨みがましい目をものともせず、龍が彼女の腰を引き寄せた。

「温めてやる」

横寝で向かい合って肌を重ねる。彼は体温が高く、本当に温まった。乳房が筋肉に圧《お》されて気持ちいい。

脚と脚が触れ合えば、すね毛の感触が存外に心地よくて、千羽は彼の脚に自身の脚をすりつけた。

「積極的だな？」

【違っ】

「焦ると母国語になるんだ」

威龍が片方の口角を上げた。

「まだ混乱してるんだ……龍こそ、あのときよく豊麗語で通せたな。少し南訛りだったが」

【南訛りで話せば、耳慣れないだろうから、多少発音がおかしくてもごまかせると思ったんだ】

龍は、南方の豊麗人としか思えない発音でそう言うと、金糸で龍の刺繍がほどこされた藍色《あいいろ》の上掛けを、ふたりの上に掛けた。

千羽は上掛けの中、龍の温もりに包《くる》まれる。あんなに憎んでいた皇帝なのに、心が安らぐ。

「温かくなっただろう？」

「……まあな」

龍が千羽の頬に軽くくちづけてきた。

「これから熱くしてやる」

――ほんと、すぐこれだ……。

「それより、おまえは、どこからあんな船を調達……む、むぐ」

黙れと言わんばかりに唇を覆われた。舌まで入れてくる始末だ。

「千羽を温めるのが先だ」

龍が千羽の脚の間に大腿を差し込んでくる。

「脚も冷えている」

「うん？　龍《ロン》はあったかいな」

「龍《ロン》……いいな、龍」

龍が満足そうに微笑んだ。

——いちいちこんな反応をされたら呼びにくいじゃないか。

龍が大腿を千羽の秘所にすりつけてくる。そこはもうぬるぬるとして、すべりやすくなっていた。

千羽は目をぎゅっと瞑り、顎を上げて耐える。今度こそ快楽に流されたくない。

「強情だな」

龍が千羽を仰向けにし、上掛けの中に潜っていった。そのとき、乳房の先端に湿ったものが触れる。舌先でそっと舐め上げたのだ。見えないと次に何をされるのか予測がつかず、余計に感じてしまう。そんなとまどいを覚えていると、乳暈が強く吸われた。

それだけで下肢が熱を孕む。愛撫され続けて躰が敏感なままだ。

——でも、負けない。

千羽は下唇を噛み、敷布をねじるようにつかむ。

龍が肌触りを楽しむかのように手で、へその周りに円を描いてきた。こんな些細なことで腹の奥がどんどん切なくなっていく。

千羽は自身の昂《たか》ぶりを抑え込もうと、大きく息を吸い、大きく息を吐いた。

「どうした？　そんなに胸を上下させて」

こう密着していると、少しの動きもすぐに伝わってしまう。

「暇だから溜息《ためいき》をついただけだ」

「余裕じゃないか」

龍が手を淡い茂みのほうに下げた。視界が効かないだろうに、迷わず蜜芽をとらえてくる。

指先で芽を摘ままれれば、全身の皮膚という皮膚が粟立っていく。

「声を我慢したって、躰が反応しているんだから意味がない」

龍が顔の位置をさらに下げた。そのとき、腹に湿った柔らかな感触が訪れる。龍が自分のものだと刻印を刻むように何度もくちづけ、挙句、強く吸ってきた。

千羽は声をなんとか抑えられたものの、躰の震えが伝わったかもしれない。

「いいだろう、なかなかおもしろい趣向だ」

次に彼の舌がとらえたのは硬くしこった芽だ。舌先でもてあそばれ、あまりの愉悦に涙がにじんできたところで乳房を揉《も》みしだかれ、さらには乳首を転がされてはもうたまらない。息が荒くなっていく。

「かなり温まってきたようだな」

濡れた秘所に息がかかり、千羽はそれだけで内ももを震わせた。

龍がばさっと上掛けを外すと、千羽のふくらはぎをつかんで左右に広げる。劣情を帯びた眼差しが秘所にまとわりつく。触られているわけでもないのに、蜜口が物欲しそうにひくついているのが自分でもわかる。

――上掛け、取らないでほしかった……！

「なんて美しいんだ、千羽。おまえのここは朝露を受けた桃花のようだ」

よくもまあこんな歯の浮く台詞《せりふ》が言えるものだと千羽が唖然としていると、龍が片方の脚を掲げて膝裏にくちづける。こんなまぬけな場所に顔があるくせに、流し目の龍はとてつもなく艶っぽく美しかった。この男は本当にずるい。目が離せなくなる。

千羽の視線を我がものにしたまま、龍が太ももを舐めたり、吸ったりと、緩急つけてくちづけの位置を秘所のほうへと近づけてくる。彼の舌が官能の根源に迫りくる感触に、甘い痺れが止まらなくなった。

彼の唇が恥丘の手前までくると、龍が焦らすように脚との際《きわ》に何度もくちづけてくる。

千羽はもう彼を見ていられない。涙目で頭頂を敷布に押しつけ、掲げられていないほうの足で敷布を突っぱねて全身を引きつらせる。

「少し、力を抜け。前、悦んでいたことをやってやろう」

優越的な言葉をかけられ、口惜しく思ったところで、秘裂にぐっと舌を押し込まれた。

「……あ！」と、ついに千羽は声を漏らしてしまい、腰を浮かせる。

龍が指で秘芽を押すように撫でながら、肉厚な舌を沈め、じゅっと秘所を吸ってくる。

「あ、だめ……や……ん、んん……ふぅ……く……」

千羽の口から堰《せき》を切ったように嬌声があふれ出した。龍は何も答えずに、ただひたすら舌で快楽を与えてくる。千羽は中をひくつかせ、彼の両頬を太ももで圧《あっ》し、背の上に足をすりつけることしかできない。彼がしつこく愛撫を続けるものだから、だんだん足から力が抜けていく。

「気持ちよすぎて……おかしくなる。口惜しい……男になど……溺れたくないのに……」

龍の動きがぴたっと止まった。

顔をあげた龍は眉間に皺を寄せ、苛立《いらだ》つように双眸を狭めていた。

「千羽……また煽って……おまえは……俺を……殺す気か？」

普段なら、扇を煽って人が殺せるのかと疑問をぶつけただろうが、快楽で蕩けそうになっている千羽には不思議に思う力さえ残されていない。舌が外れたことで過度な快楽から解放され、荒い息を吐くので精一杯だ。

「龍……おかしいんだ……躰が熱くて……おまえが欲しい……そんなの……おかしい」

「俺なんかずっとそう思っていたよ！」

叫ぶように言うやいなや、龍が細腰をつかんで引き寄せ、滾りきった雄芯で一息に貫いてくる。

「あ、ぁあ……龍！」


ずっと欲しかったものを手に入れたように千羽が龍の背に手を回してきたので、龍は千羽を抱き起こす。

千羽の躰はすっかり温まったようで汗までかいている。しっとりして吸いつくようだ。吸いつくのは肌だけではない。千羽は初めから最高だった。龍の雄芯を襞《ひだ》で愛撫し、離さないとばかりに圧してきた。今もまさにそうで、龍はすぐにでも爆ぜてしまいそうだ。

だが、千羽が気持ちよさそうに喘《あえ》いで背にしがみついているのだから、終わらせられるわけがない。

とはいえ、躰の相性など、おまけみたいなものだ。いや、心の相性がいいからこそ躰を重ねると気持ちいいのだと初めて知った。船上で千羽と語り合い、木刀で手合わせしたときほど龍の心が高揚したことはなかった。そして、千羽と離れたあとほど気分が落ち込んだこともなかった。

彼は、天下統一は人民のためという大義名分を掲げてきた。実際、大陸をひとつの帝国にまとめ上げたことで、無駄な戦《いくさ》が起こらなくなった。

十二歳のとき戦争で両親を亡くし、辛酸を舐め尽くしてきた彼にとって、これこそが理想の世界だったはずだ。とはいえ、めでたしめでたしは永遠に続かない。皇帝という地位を守るために緊張感を保たねば、いつ足もとをすくわれるかわからないのだ。

そんな折、豊麗という南の島国で鉄鉱石が採れるという情報が入ってきた。大陸全土をこのまま支配し続けるには、皇帝直属の軍隊がどの行政地区よりも優れた武器を大量に持っている必要がある。

あの未開の島国はまだこの鉄鉱石の価値をわかっていない。豊麗にとって無用の長物だ。陽帝国の属国にしたあと、現地人に採掘させればいい。

こんな辺境の島国など脅威にならないし、ましてやその土地の娘になど全く興味がなかったが、円滑な採掘を継続させるには妃の栄誉を与えておくのもいい。そんな気持ちで使節団をやったというのに、豊麗の女王が、属国など言語道断、皇后ならまだしも妃の位などでは娘を渡せないと突っぱねてきたという報告が上がった。

それを聞いたときの自身の心の動きに龍は自分でも驚いた。というのも、歯向かわれたというのに負の感情が全く生まれないばかりか、彼の心は高揚したのだ。

そのとき、龍は初めて気づいた。自分の心の中にある飢えに――。

龍の心の空虚を埋めることができるのは戦だけだ。

そして、戦うための大義名分ができた。

――逃さずにおくか！

『支配を拒否されてそのまま放置していたら、亡《ほろ》ぼした国の者たちに示しがつかない』

悦びを押し隠し、龍は威厳をもって重臣たちに自ら赴くことを告げた。案の定、将軍たちは、あんな辺境の島など皇帝自ら足を運ぶに及ばないと説得してきたが、皇帝になっても自分は一兵卒であり続けたいなどと、耳障りのいいことを告げたら、皆が感動していた。

龍の本心に気づいていたのは長いつきあいの牡丹ぐらいだろう。孤児として路上で生活をしていたとき、兄貴分として面倒を見たことで、牡丹は今も龍に厚い忠誠を誓ってくれている。

それからひと月も経たないうちに、龍は豊麗の海に水軍を大展開させていた。実戦は二年ぶりだ。

ところが、威嚇のための火砲を打っただけで、女王は娘を出すことを受け入れた。女は現実的だから、つまらない。誇りを掲げて抵抗してくれたら、おもしろかったものを――。

ただ、嫁入り支度のために一週間欲しいと条件を出してきた。その間に戦いの準備でもされかねないから、猶予《ゆうよ》を与えてはならないと進言する将軍もいた。実際、豊麗城に兵士たちが集まっているという報告が上がってくる。

どうせ刀を振り回すしか脳のない連中だから放っておくよう命じたが、龍は内心、どうしてもこの島に大攻勢をかけ、島も城も全て占領したくてたまらなかった。

――差し出す予定の娘がいなくなればいい。

そんな結論に達する。もし、世継ぎの娘ではなく、身代わりを寄越《よこ》したとしても、それを理由に戦ができる。

女王の娘に監視をつけたら、早速、標的が動き出した。城の裏門から若い兵士とともに出てきたのだ。しかも、その兵士に言い寄られて振り切り、坂道をものすごい速さで駆け下りると、誰もいない浜辺で突っ伏して泣き始めた。

なんて情報量の多い女だろう。

予定より早くなったが、こうして砂浜で舞台の幕が上がった。ごろつき役は皇帝直属の特殊部隊の精鋭だ。まず、彼らが娘に声をかけ、娘が襲われそうになったところで、豊麗人に扮《ふん》した龍が助け出すという台本だ。

だが、ことは台本通りには進まなかった。千羽が屈強な軍人ふたりをいとも簡単に倒したからだ。殺さないていどに手加減する余裕さえ見せた。

青い空と海を背景に、白い砂浜で橙《だいだい》色の袖と裾を翻し、涙に濡れた瞳を陽《ひ》の光できらめかせ、くくった髪を馬の尾のように跳ねさせる千羽はとてつもなく美しかった。

この出逢《であ》いが陽帝国皇帝、威龍の生き方を根本から揺さぶることになるなんて、誰が想像しえただろうか。

朝になって龍は久々に心地よい目覚めを迎えた。こんなに清々《すがすが》しく起きたのは何年振りか、いや十年以上ぶりかもしれない。千羽を抱き寄せようと手を伸ばすが、いない。

龍は、がばっと起き上がる。千羽がいなくなったのに気づかないぐらい深い眠りに就くなんて、あまりにも不用心である。これでは刺客に入られたら終わりだ。

『私の腕なら皇帝の命も思いのまま』

船上でそうきっぱりと告げた千羽の燃えるような瞳が頭をかすめた。

――そういえば、刺客と寝ているんだった。

龍は口もとをゆるめる。

しかも、昨晩、龍は違う意味で何度も殺されかけた。千羽は普段はつっけんどんな態度をとるくせに、抱かれると一変する。頬を紅潮させ、恍惚《こうこつ》とした瞳を涙で濡らし、劣情を煽るようなことばかり言ってくるのだ。無意識でやっているから質《たち》が悪い。

『龍……おかしいんだ……躰が熱くて……おまえが欲しい……そんなの……おかしい』

――まずい……思い出しただけで勃《た》ちそうだ。

龍が床に落ちたままの寝衣を拾って肩に掛けたところで、鈍い音が聞こえてきた。

千羽が重厚な楡木《にれき》の扉を左右に開いている。庭の湖に面した扉だ。

彼女の向こうに広がるのは夜明け前の曙色《あけぼの》の空。それを映して朱に染まった湖面では、白鳥の群れが羽を休めている。

内衣一枚をはおっただけの千羽が腕を広げて扉の取手をつかんだ影像《シルエット》は、羽ばたこうとする鳥のようで、龍は地上に引きとめるように後ろから抱きついた。

「そんな、あられのない姿で……見られたらどうするんだ」

龍は自身の寝衣を千羽の肩に掛けた。千羽が顔だけこちらに向けてくる。

「見て喜ぶのはおまえぐらいだろう？」

――自分の魅力がわかってない！

美しい弧を描く胸のふくらみに、引き締まった細い腰、張り出した臀部は丘のように円《まろ》やかという、彫像のような完璧な姿態を持っているというのに――。

「そうでもないぞ」

龍は千羽を抱きすくめる。彼女は女にしては背が高いが、龍が男の中でもかなり上背があるほうなので、頭頂が龍の首ぐらいにきて、すっぽりと腕の中に収まる。

「おまえは後ろから抱きつくのが好きだな」

千羽の瞳はもう龍をとらえていない。まっすぐに前を見据え、空を見ていた。

「……千羽がいつかどこかへ飛んでいってしまうような気がするんだ」

龍は彼女を抱きしめる腕に力をこめる。

「どこに飛んでいけると言うんだ？」

千羽の声は故郷に戻れないというあきらめを含んでいるように聞こえた。

「そうだ。飛ぶな。ずっと俺の腕の中にいろ」

――故郷など、そのうち忘れる。俺がおまえの故郷になるんだ。

「私に命令するな」

次の瞬間、千羽が腕を振り上げた。龍の耳の後ろに尖ったものが触れる。いつの間にか、頭頂からかんざしが消えていた。手首を取って振り払うことも、かんざしを取りあげることもできるが、龍はそんなつまらないことをする気はない。

——さすが千羽、こう来ないと。

彼女はまだ征服されていない。ぞくぞくする。

「命令じゃない。希《こいねが》っているんだ」

「そうか。では願いを叶える前に聞かせてもらおうか。私がここに来たということは私の国が、おまえの国の属国になった証《あかし》だろう？　どのように統治する気だ？」

——統治法によっては急所を刺すというわけか……。

拒む千羽を無理やり犯すという抱き方にも魅力を感じるが、そんなことをしたら、この女は一生、龍を赦さないだろう。そもそも今後の両国の関係については女王に書簡を届け済みで、それは千羽を落胆させるような内容ではなかった。

「あんな辺境、統治する気などない。今後も独立した島国だ」

——俺は恋愛に不器用なのかもしれないな。

龍はそう思って自嘲《じちょう》した。

本当のところは、千羽が守ろうとしたあの美しい島を下級官吏に穢《けが》されたくなかっただけだ。千羽がほかの男に蹂躙《じゅうりん》されるようで、想像しただけで反吐《へど》が出る。臣下の手前、鉄鉱石は手に入れなければならないので、資源の独占輸入権だけは手に入れたが、この話を千羽にすれば面倒なことになりそうなので、龍はあえて触れないことにした。

千羽が力なく腕を下ろす。しばらく手の中のかんざしを眺めてから、頭頂の三つ編みの団子に勢いよく挿した。龍のほうを向かないので表情はわからないが、とまどい、唖然、そんな感情が見て取れる。

「母は……女王のままなのか……」

次に表れた感情は、安堵《あんど》。その感情は涙となって頬を濡らしているようだ。その証拠に嗚咽が始まった。

「すまない……千羽は……それをすごく気にしていたんだな。書簡を女王に届けたが、千羽の旅立ちと入れ違いになったんだろう。豊麗は陽の属国ではない。千羽は独立した国から嫁いできた娘だ。だから皇后にする」

千羽がすごい勢いで振り向いてくる。やはり、頬に涙のあとがあった。

「皇后？　ほかの国の妃はどうなるのだ？」

「正確に言うと国ではない。属国と言う者もいるが行政地区だ。あいつらにはこれまで通り、ぜいたくな暮らしをさせてやる」

「そういう問題じゃない。主君たるもの、臣下を公平に扱わなければならない。滅びたとはいえ妃の出身国などその最たるものだろう？　争乱のもとだ」

龍のようなたたき上げとは違って、千羽は主君になるべく教育されてきたのだった。

「うれしいよ。俺の身を案じてくれているんだな」

「はあ!?　おまえなんか心配してない！　争乱になって苦しむのは民……んっ」

千羽の反論を、龍は唇で覆って封じる。彼女の口内を舌でむさぼりながら、左右に手を伸ばし、勢いよく扉を閉めた。とたん、室内が薄暗くなる。千羽に掛けた寝衣も内衣も床に落とすと、彼女の腹の上で手を重ね、弾力ある尻に大腿を押しつける。

それにしても腰が細い。この細身からどうしたらこの勢い、力強さが生まれるというのか。

千羽がしなやかに背を伸ばした。早くも感じているのだ。

龍は両手を這い上げ、ふたつの乳房を同時につかむ。腹部は筋肉で締まっているのに、前にぴんと張り出した乳房はとてつもなくやわらかい。指がふくらみに沈む感触を楽しみながら、鼻梁《びりょう》で髪をかき分け、彼女の耳朶を口に含む。

千羽の微《かす》かな震えが伝わってきた。

「……さ、昨晩、あれだけしておいて、またか？」

悪態をついているが、いつもの覇気がない。

「破瓜の傷を癒やしてやろうと思って、俺はひと足先に帰国したんだ。優しいだろう？　しかも、たまった仕事を全て片付けておいた。思う存分かわいがってやる」

千羽が剣のように尖った眼差しを向けてくる。

「もうお腹いっぱいだ！　こうして立っている今でさえ、中におまえが入り込んでいるような感じがなくならなくて困ってるんだ！　勘弁してくれ」

——不満そうに言う内容がこれか！

ずんっと、龍の下肢が重くなる。

「あ、お、る、な」

龍は彼女の顎をとり、顔を傾けた。

「私の知っているその単語の意味と、おまえが使う状況が合ってなっ、むぐぐ」

龍は、小さな唇を舌でこじ開け、奥まで埋め尽くした。抵抗するので、片腕で抱きとめる。唇を外せば、千羽はぷはっと水面《みなも》から顔を出したときのような顔になり、腕の中でこう吠《ほ》えてきた。

「腹の中がおまえの形になったみたいで元に戻らないって訴えているのに、聞いてるのか？　口でも同じようなことをするな」

どくんと、龍の下肢がさらに熱くなる。

――これ、狙って言ってるんじゃないだろうな。

そう疑いたくなるぐらいの、見事な煽りっぷりである。

「そうやって何度、俺を殺したら気が済むんだ」

「私の国を攻めなきゃ殺さないって言っ、んっ……むむ」

背後から強くくちづけられ、千羽がよろめいて倒れるように扉に手を突く。唇が外れた。

――これは好都合。

髪の毛を片側に払い、細いうなじから肩へと何度もくちづけを落としながら、龍は、乳房の頂点を彩るふたつの蕾《つぼみ》を摘まんで引っ張る。

「……ひゃ」

早くも高い声で啼いてくれた。しかもすでに乳首は硬くしこっている。

――全身が敏感なままなんだな。

挿入していない今でも、中に異物感があるというのは、つまり、そういうことだ。

そう思うと、龍の下肢はますます滾った。硬くなったそれが千羽の腰を圧したとき、びくっと全身で応じられる。お互い様ということだ。

――これだけ反応がいいなら……。

龍は片手を脚の付け根へと移し、秘裂から蜜芽を撫であげる。思った通り、そこはもう濡れに濡れていた。

「もうびちょびちょじゃないか。かんざしを俺に突き立てながら興奮していたのか？」

「ああ。おまえを殺せるかと思うと、自然と悦びが湧いてきたんだ」

「言ってくれるな」

――違う意味で殺してやる。

龍は蜜源に指を沈ませ、中をくちゅくちゅしかき回す。浅瀬にある一点を指先で何度も押した。千羽の弱点はここだと知ったうえでのことだ。

「そこ……とんとん……する……な」

あえかな声で、また煽るようなことを千羽がつぶやいてきた。

龍は腰を少し離し、勃ち上がった剛直を尻の谷間に密着させる。

「ふぁ……ぁ」

千羽が、あえかな声を漏らし、腰をびくびくと震わせた。尻の柔肉に揉《も》み込まれ、龍の雄はますます滾ってしまう。

「……俺も限界だ」

早々に降参だ。龍は中から指を抜き、指先に秘芽が当たるようにして下腹を支える。猛《たけ》ったものを最奥まで押し込んだ。

「あっ」

小さく叫んで千羽が上体を前に倒した。扉に突いた手の位置が下にずれ、いよいよ尻を突き出す格好となる。

「いい眺めだ」

龍は片手でふたつの乳房を支える。乳首が指に押さえつけられたせいか、その瞬間、千羽の中がぎゅぎゅっと狭まった。

「くっ」

と、龍は目を眇めて過ぎたる快感に耐える。退《ひ》こうとしたら、まるで離したくないとばかりに、蜜壁が食いついてきた。ずっとここに留まっていたいくらいに気持ちいい。だが、振り切って半ばまで抜くと、その動きも快感になるようで、千羽が蜜壁をひくひくとさせた。

龍はとてつもない愉悦に襲われ、いよいよふくれあがった欲望でずんっと奥まで圧する。それを何度も繰り返した。

そのたびに千羽は頭を振って嬌声を漏らす。

「龍、これ以上、もう……やめ……おかしく」

「このくらいで音を上げていたら、俺の子を孕めないぞ?」

龍は再び勢いよく穿つ。あふれる甘露が卑猥《ひわい》な水音を立てる。少し屈み、千羽の背にぴたりと胸板を着けた。彼女も汗ばんでいて、肌がこすれ合うだけで蕩《とろ》けそうだ。

【ふぁ……溶け……ぁあ】

自国語で千羽がうめいた。千羽も龍と同じことを感じていたようだ。

「そろそろ注いでやる」

耳元でそう囁いて龍は耳朶をほおばる。根元まで埋まっているというのに、さらにぐっと腰を押しつけた。

その瞬間、千羽の躰から一気に力が抜けた。扉から手が離れたので、龍が羽交い締めにして自身の胸板に彼女をもたせかける。千羽自身は息も絶え絶えだというのに、中は、きゅうきゅうと龍の性を締めあげている。

——結局、殺されるのは俺のほうだ。

そのまま滾りきった熱塊で突き上げ、中で子種をぶちまけた。

第四章　皇帝の腕の中

幾度こんなことが繰り返されただろうか。皇室の間《ま》に閉じこもって三回目の朝陽を感じたときのことだ。

千羽が重い瞼を開けると、皇帝の衣装を身に着けた龍が寝台に軽く腰かけ、彼女を見下ろしていた。龍が本当に皇帝だったというのが今になって実感される。

だが、視線を上げ、冕冠《べんかん》に行きつくと噴き出しそうになった。頭上に長い板が載っていて、その前後には玉を連ねた糸状の飾りが所狭しと下がっている。

【……のれん？】

「のれん？」

龍が陽語で復唱してきた。

千羽は起き上がって、龍の顔の前に垂れる首飾りのようなものを指で弾《はじ》いた。

「絵で見たことがあるけど、本当にこんなの下げてるんだな？」

「なんだその馬鹿にした感じは……真っ裸で珠玉《しゅぎょく》を弾いてるほうがよっぽど阿呆《あほう》みたいだぞ」

千羽は自身の躰を見下ろす。

「それもそうだ」

近くに抛《ほう》られていた龍の寝衣を手繰《たぐ》り寄せ、千羽は袖を通した。

「俺の寝衣をはおってぶかぶかだなんて……反則だ……」

「反則？　その言葉も今の状況と合っていないぞ。そもそも試合をしてな……」

千羽が話し終わっていないのに龍が声をかぶせてくる。

「もういい。朝議に行くから、ここでおとなしくしてろ。隣室に荷物を運ばせる」

「どういうことだ？　後宮の殿舎に戻るなってことか？」

「そうだ。千羽はずっと皇帝の間《ここ》にいるんだ」

「ずっと、ここに⁉」

千羽の非難に反応せず、龍が立ち上がって無言で出て行った。

皇帝の間《ま》にいるよう言われたのが引っかかるが、千羽はひとりになれて、やっと人心地がついた。

それなのに三日間むさぼられ続けた躰は外にも中にも龍が触れた感触が残っていて、ひとりになれた気がしない。

——風呂だ！　風呂！

千羽が立ち上がって龍の寝衣をずるずる引きずって歩いていると、侍女の紅梅と静が現れた。

「千羽様、お着替えをお持ちしました」

「ああ。助かる。その前に、浴殿に行きたい」

昨日、入ったことは入ったのだが、湯船の中でも龍がいやらしいことをしてきたので、洗うどころではなくなってしまったのだ。

——三十四日分とか言っていたが、どうしたらあんなに盛《さか》れるのか。

「では、私、湯温を見て参ります」

静がお辞儀をして去っていった。

残った紅梅に、千羽は問う。

「皇帝が隣室に荷物を運ばせるとか言っていたが、案内してくれるか」

「あちらの扉の向こうが千羽様のお部屋になるそうです」

右奥に両開きの大きな扉があった。

「寝室と繋がっているのか」

きょとんとした顔でこう訊かれた。

「おいやですの？」

「ああ。だって、すぐに寝台に連れ込まれそうだろう？」

「あの……もしかして……三日間、ずっと寝台でエッチを……？」

紅梅が、信じられないという表情で訊いてきた。

——ほかの妃に知られたら面倒なことになりそうだな。

「いや、違う。そんなこともあるかと想像しただけだ」

そのとき、静が浴殿から戻ってきた。

「お湯のご用意ができております」

「私どもがお躰、お流しいたします」

紅梅が一歩前に出た。彼女の瞳が好奇心できらめいている。紅梅は閨の話題が大好物のようだ。流したい噂《うわさ》があれば、紅梅に伝えるのは得策だが、そうでない場合は情報を与えないほうがいい。

「いや、いい。ひとりで入る」

――龍のやつ、きつく吸いすぎだ。

虫に刺されたようなあとが全身に散らばっている。これを見られたら、後宮で恰好の話題となるだろう。

「では、入浴が終わりましたらお呼びください。私どもが衣裳の着付けをしますので」

「いや、一回着せてもらったから、着方はわかった」

千羽は、紅梅が手にしている畳んだ衣裳を受け取り、浴殿へと向かった。が、はたと歩を止める。

「そうだ。煽るという言葉は、風を起こしたり、風で揺らしたり、扇動したり、以外の意味があるか？」

「陛下のおっしゃった言葉で意味のわからないことがおありなのですね」

「あら、寝室で煽るといえば、あれじゃないですか？」

紅梅の目がいやらしそうに細まった。

「あれ、とは？」

「性的興奮を高めるという意味ですよ。それで三日間も続いたのですね？」

――しまった！　閨の話題を提供してしまった。

「いや、三日間、ここにいただけで続いたわけではない。そんなものを高めた覚えはないので、あれはやはり、暑いから扇で煽るという意味だったのだろう」

そもそも、性的興奮を高めるようなことはしていない。とにかく自分にこびりついた龍を洗い流すのが先だ。

「では行ってくる」

「手伝うことができましたら、いつでもお呼びください。中に呼び鈴がありますので」

「ありがとう」

こうして千羽は、広々とした浴殿の湯船に浸《つ》かって一息つくことができた。

宮城の表である昇陽殿《しょうようでん》と、帝の住処《すみか》である青龍殿を隔てる大きな両開きの扉は厳重に警備されている。ここから奥へ行ける男性は皇帝と宦官のみだ。この扉の前で、後宮の長官である牡丹は、龍が朝議から戻るのを待ち構えていた。

牡丹と龍の出逢いは、十七年前にさかのぼる。

牡丹は十一歳で戦争孤児になった。路上で暮らし始めて間もないころ、親を亡くした寂しさのせいか、底冷えする夜の寒さのせいか、高熱を出し、食糧を手に入れることもままならなくなった。

ほかの孤児たちは自分が生きるのに精一杯で、牡丹のことなど見て見ぬふりだ。このまま死ぬのかと思ったとき、十三歳の龍が粥《かゆ》を持ってきてくれた。食べものもうれしかったが、それより何より、自分を気にかけてくれる人がまだこの世にいることに牡丹は涙した。

龍は当時、孤児たちのリーダー的存在で、牡丹を戸板に乗せて隠れ家に運ぶと『解熱薬を手に入れてくる』と、子分に看病を任せてどこかに行ってしまう。戻ってきた龍は、高級な紙に包まれた粉薬を手にしていた。

牡丹が薬を飲んだ二日後には嘘のように熱がひく。しかも、隠れ家で孤児たちと身を寄せ合って眠れば、寒さに凍えることもない。

その数日後、龍は頬に青あざを作っていた。ほかの子に訊いたところ、薬を盗んだのがばれ、捕まって乱闘になったが逃げおおせたそうだ。

牡丹がそのことについてお礼と詫びを述べると、縄張り争いでけんかになっただけで薬は関係ないと、龍は笑った。

そのとき、牡丹は一生、龍に付いていこうと決意した。龍が承軍《しょうぐん》に入り、頭角を現せば、男性の象徴を切り落として宦官となり、後宮に潜り込む。龍に止められると思ったので独断で行った。

案の定、それを知ったとき、龍は嘆き悲しんだ。

『恩に感じてそんなことをしたのなら大馬鹿だ。俺はそんな小細工なしでも承軍でのし上がれる』と――。

だが、牡丹は全く後悔していない。後宮は皇帝の住まいで情報の宝庫である。皇帝がどの将軍を重んじているのか、何を望んでいるのかをいち早く龍に伝え、戦いにしか興味のない龍が政治の世界でうまく立ち回れるよう助言した。

龍は、牡丹が予想した以上の傑物だった。承王を斃《たお》し、陽を興《おこ》して国王になっただけで夢が叶った、宦官になった甲斐《かい》があったと思っていたが、その彼がたった四年でほかの六カ国をも平定し、天下統一を果たしたのだ。

あとは、龍の王朝を継ぐ皇子ができれば完璧だ。それなのに龍は後宮に寄りつきもしない。困ったのは子が生まれないことだ。龍が性的不能と思われてしまう。

柳《リュウ》国の元王女、佳恵《ジアフイ》が、皇帝が子種をくれないなら、故郷の親を安心させるためにせめて子が欲しいと食い下がってきたので、妊娠したふりをしてもらい、捨て子を育てさせている。

これで妃たちが薄々感じていた、龍が妃を抱いていないのではないかという疑惑は払拭《ふっしょく》できたものの、このままでは陽王朝は一代で途絶えてしまう。誰でもいいから、龍にその気を起こさせる女に後宮に入ってもらわなければと、見合い用の女の姿絵を見せたが、全て龍に却下された。

やっと龍が気に入った女が現れたと思ったら、よりによってあの女だ。

——この身のこなし……只者ではない。

牡丹は初めて千羽と会った瞬間に危険を察知した。この勘は外れたことがない。牡丹は表向きは後宮の長官ということになっているが、実際は、軍の間諜《スパイ》を取り仕切る立場にあった。この宮城はもちろん、高官の邸宅など、ありとあらゆるところで監視の目を光らせている。

そんな牡丹の目に、千羽は世継ぎのふりをした刺客として映った。

よりによってそんな女に龍が入れ込んでいるのだ。皇帝が妃の殿舎に通うしきたりを無視し、千羽を青龍殿に呼び寄せて三日間、出てこなかった。あの女は性的な特殊技能でも持っているのだろうか。

——豊麗から戻るなり、ものすごい勢いで仕事を片づけ始めたと思ったら……。

龍はきっと豊麗で千羽と会ったのだ。そうとしか思えなかった。大船団を組んで豊麗に向かったときは、久々にぎらぎらした龍を見ることができたが、帰城したときには毒気を抜かれたようで、豊麗を属国にしないと言い出す始末だ。青い海が美しいだけの辺境の島で鉱物以外は価値がないからと臣下を納得させていたが、牡丹にはわかる。

属国にしないのは、千羽がそう望んだからだ。

躰の具合がよほどよかったのだろうと、非処女の線で千羽を後宮から追放しようと思い、寝室と壁を隔てただけの部屋から閨の様子をうかがおうとしたが、龍に見透かされていたようで、寝室の声を聞くための通風孔が寝室側から塞がれていた。聞かれたくないことがあったということだ。

いよいよ疑惑が濃厚になる。

翌朝、清掃に入った女官に、寝台の敷布を持ってこさせたが、破瓜の血が派手についていた。かなり激しく抱いたということか。処女相手に容赦しないのは龍らしい。

牡丹がそんなことを思い起こしていると、扉が開き、龍が現れた。

「龍兄、お話がございます」

とたん、龍が面倒くさそうな表情になった。

「牡丹が言いたいことは大体わかっている。手短にしてくれるか?」

一刻も早く女のもとに行きたいのに邪魔するなということか。

「千羽様を特別扱いしすぎです。千羽様を青龍殿に留めおかれるなら、後宮にも顔をお出しください。四半刻、お相手していただくだけで結構ですから」

「断る」

「どうしてです? お妃様とお茶をしたあと、千羽様とお過ごしになればよろしいではありませんか? 千羽様のお気持ちを慮《おもんぱか》ってらっしゃるのですか」

「千羽の気持ちを考えて?」

龍がうつむき加減で、皮肉な笑みを浮かべた。

「千羽は嫉妬などしないだろう。あれは普通の女ではない。だからこそ、私の皇后にふさわしい。私の皇子を生むのは千羽だ。おまえだって、ずっと皇子を欲しがっていただろう？」

——皇后……だと⁉

牡丹は唖然としてしまう。

「用はそれだけか？」

そう言って背を向けようとした龍の腕を、牡丹はつかんだ。

「このままでは、ほかの四ヶ国に示しがつきません。それぞれの母国から抗議が来ますよ」

「母国？　俺は亡《ほろ》ぼしたつもりだがな」

「はぐらかすのはおやめください。行政区分になったとはいえ、元国王にも、民にもまだ元の国の人間だという意識が強くあります」

「その意識をどう変えていくかが、今後の課題だ」

「それはそれとして、怖いのは、元王女の不満のほうです。今まではある意味、平等に扱われていたから寵《ちょう》を巡る争いも起こりませんでしたが、なんといっても、皇帝は若く、雄々しくていらっしゃいますから」

「それは光栄だな。千羽をほかの妃に会わせなければいいことだ」

「皇帝は公人ですから、妃を平等に扱わねばならないことは龍兄が一番ご存じでしょう？　ひとりの妃を愛しすぎて滅びた王朝もあるくらいです」

「それはその妃の身内を重用しすぎてのことだ。大陸の外の人間だから、その心配はない」

どうして千羽なのか。後宮の妃たちは皆美しく上品な女たちばかりだというのに——。

「今はそれでもよろしゅうございます。千羽様とはまだお知り合いになったばかりです。物珍しさもございましょう。ですが、陽に向かう船での行状をご存じですか？　千羽様は官吏を木刀で倒し、もっと強い者はいないかと、甲板で剣の試合を繰り広げ、終《しま》いには全員を打ち負かしたそうです。陛下も首をかき切られかねません」

龍が一拍置いてから、大口を開けて笑い始めた。こんなに楽しそうな龍を見たのは、皇帝になって以来初めてかもしれない。

「牡丹、おまえは相変わらず勘がいい！」

「龍兄！　それだけではありません。千羽様は船に果物がないと文句を言って、飯炊き女と毎日甘いお菓子を作って、おかげで宮城《ここ》に着いたときには砂糖が底をついておりました。わがままな性格でいらっしゃるようです」

「千羽は菓子をひとり占めしたか？　していないはずだ。皆に配らなければ砂糖を全て使うなどありえない」

「……確かに……毎日のように配っていたと聞いております」

牡丹はこの瞬間、千羽に敗北したことに気づいた。

「牡丹、わかっただろう？　千羽は皇后にふさわしい。きっと誰よりも強く賢い皇子が生まれるぞ」

「さようですか」

牡丹は棒読みで答えた。恋する男に何を言っても無駄だ。黙って両手を差し出す。

「なんだ？」

「冕冠を外し忘れていらっしゃいます。いつもは朝議が終わったらすぐに置いていかれるのに、戴冠《たいかん》したまま後宮《こちら》にお戻りになるなんて珍しいですね」

「今日はこのままでいい」

「……さようですか」

――あの女に見せてやるつもりか。

このままだと、せっかく築き上げたこの大帝国が根底から揺るがされかねない。もともと牡丹は豊麗から妃を娶《めと》ること自体に反対していたのだ。軍事も技術も何もかもが遅れている島国など、人質を取る必要もない。さっさと占領して、鉄鉱石だけ取り上げれば十分だったはずだ。


牡丹の不機嫌に気づかないふりをして龍は皇帝の間《ま》に入るが、千羽がいない。隣の部屋をあてがったので、そこにいるのだろうと思い、扉を開けると、春らしい桜色と若草色の衣裳を身に着け、髪を結い上げた千羽が屈んで、大きな櫃《ひつ》の蓋を開けているところだった。荷物の整理をしているようだ。

「千羽、着替えたのか。裸のときが一番美しいが、華やかな衣に身を包むと、また違う魅力が……」

ものすごい勢いで駆け寄ってきた千羽に口を塞がれた。

「積極的だな。昼間っから」

そのとき、垂れ布の向こうから侍女ふたりが現れた。

「あ、あの、では、私どもはこれにて失礼いたしますね」

――侍女に聞かせたくなかったのか。

千羽が慌てて口から手を離したので、龍は侍女たちに向かって答える。

「ああ。下がっていいぞ」

「御意《ぎょい》。失礼いたします」

ふたりが部屋を出るのを一瞥《いちべつ》して、龍は視線を千羽に戻す。

「なんだおまえ、照れていたのか。千羽にも照れるという普通の感覚があったんだな」

「侍女の口から、ほかの妃に伝わってはいけないと思ってのことだ」

「ほかの妃に嫉妬しているのか」

「いや、嫉妬されたら面倒だと思っている」

――やっぱりそうだ。千羽は嫉妬するような女ではない。

「何、笑ってるんだ？」

「いや、それでこそ千羽と思ってな」

「はあ？　笑うのはこっちのほうだ。さっきから、のれんが揺れてかちかち音がしているぞ」

千羽が背伸びして、冕冠の前に垂れる糸状の飾りを左右にかき分けた。

「こんにちはー。今日は、どんなお魚が入りましたか？」

「ごっこ遊びか。今度はおまえを店にしてやる」

龍は冕冠を外して千羽の頭にはめた。千羽は頭が小さくて目深にかぶることになる。

――ぶかぶかの冕冠……！

またしても、かわいさが反則級である。

「……目が開けられない」

そうつぶやくと、千羽が冕冠を後ろにずらした。これまたかわいすぎて大反則だ。

今度は龍が、糸状の飾りを左右に開いた。

【こんにちは。いいお魚、入っていますか？】

豊麗では魚屋にのれんが下がっているのだろうかと思いながら、龍は豊麗語で問うた。

【お客様だけのために飛びきりの魚料理を用意してお待ちしておりました。お入りください】

千羽が妖艶な笑みを浮かべたものだから、龍は息を呑《の》む。三日間、龍に躰をむさぼられているうちに、千羽からとてつもない色香が漂うようになっていた。

——なんと、鍛えがいのある……。

伸び代《しろ》が大きすぎて、これからが楽しみなような末恐ろしいような気さえする。

「また煽って……入り込みたくなるではないか」

「はあ？　やっぱりこの煽るという単語は……。入るというのは店のことだ。いやらしい想像をす……んむぶ」

龍は千羽の紅い半開きの小さな唇に自身の舌を押し込んだ。これから行われる戦いの前哨戦《ぜんしょうせん》のようなものだ。飾りが邪魔で、唇を寄せたまま冕冠を回転させ、前後に伸びる長い板を左右にする。

唇を離すと、千羽の瞳は半ば閉じ、陶然としていた。夜と違って、頬が赤らむ変化も見てとれる。

「このかぶり方のほうが、顔が見られるからいい」

龍は、ほんのり赤みを帯びた頬に、ちゅっと軽くくちづけ、胸の上の紐を引きちぎって、ふくらみを覆う絹をずり下げた。露わになった形のいい乳房。その蕾は頬よりも鮮烈な桃色だ。

龍は背を屈めて乳頭にかぶりつくと同時に、千羽の両脚をまとめて抱き上げる。はずみで冕冠が床に落ち

た が放っておいた。

「おい、まだ昼間だぞ。仕事しないか、色惚《いろぼ》け皇帝め」

千羽が龍の肩をばんばんたたいてくる。

「俺の仕事の心配をしてくれているのか。優しいな」

「そうじゃない。せっかく躰を洗ってすっきりしたところなのに……何度やったらおまえ、満足するんだ？」

「一生かけても満足することなんかない……」

龍は隣の部屋に入ると、千羽を寝台に押し倒した。乳頭を口で強く吸い、手で秘所をまさぐる。

「……ぁ……龍」

どこをどうされたら心地よく感じるのか、躰も心も、千羽の全てを知りたい。

「おまえの全てが愛しくて仕方ないんだよ……千羽」

それから何度、子種を注ぎ込んだだろうか。龍は深い眠りに落ちた。千羽が来てからよく眠れるようになった。目を覚まして手を伸ばすが、寝台に千羽がいない。

龍は着物を肩に掛けて寝台から下り、千羽の部屋の扉を開く。

すると、千羽は小袖《こそで》一枚で櫃《ひつ》の前に座って、大きな巻き貝を耳につけていた。

「何をしている？」

「この貝を耳に当てると、波の音が聴こえるんだ」

龍が千羽の隣に腰を下ろすと、貝を渡されたので耳にかざした。ゴーッと潮騒《しおさい》のような音が聴こえる。

「これはどういう仕組みなんだ？」

「さあな。だが、大きな巻貝を耳につけると、こんな音がするんだ」

千羽が笑顔を作った。だが、その瞳が寂しげで、龍は胸が締めつけられる。

――こんな気持ち、初めてだ。

「千羽……故郷が恋しいのか」

「ああ。まだひと月しか離れていないのに、めっちゃくちゃ懐かしい！　早く帰してくれ」

「……それは無理だ。千羽がいないと、俺が生きていけそうにない」

「おまえ、弱いな」

「弱い？　そんなこと、言われたことがないぞ」

そうだ。今までは弱くなかった。だが、龍は自分が弱くなったことに薄々勘づいていた。愛する者ができるというのは恐ろしいことだ。自分より大切なものがこの世に存在してしまうのだから。

「一年に一回、正月に帰国させてくれるだけでいい」

「駄目だ……そのまま帰ってこなくなったら？」

「帰らないと、おまえ、豊麗を攻撃するだろう？　絶対に戻ってくる」

龍は、浮かれていた心が急にしぼんでいくような気がした。千羽はこれっぽっちも龍を愛してはいない。母国の安全のためにここにいるだけだ。

「千羽に戻る気があっても船が沈没するかもしれない。おまえがいなくなるのが……怖いんだ」

「何を言う。ここに来るときだって沈没したかもしれないし、おまえ自身、好奇心で豊麗くんだりまで行ったくせに。今、ふたりとも生きているぞ？」

「自分が死ぬのはいい。だが、千羽がいない世界で生きていたくない、それだけだ」

「なんだ、それ」

千羽が笑った。それだけで龍の心に一筋の光が射《さ》す。

「千羽には、わからない」

自分より大切な人ができる。これが恐怖になることなど龍自身、知らなかった。まだ恋を知らない千羽には理解しがたいことだろう。

「よくわからないが……あまり思い詰めるな。元気を出せ」

肩をたたいて励まされる。

「千羽のそういうとこ、好きだな」

横目で見たら、千羽が赤くなった。少しは龍のことを好いてくれているのだろうか。

「そうか……変なやつだな」

照れているのか、千羽が消え入るような声で言った。

「千羽、故郷の好きだった場所を教えてくれ。それに近いところに連れていってやる」

「そうだな。豊麗城の裏門から浜辺へと続く道に屋台があって、あそこはにぎやかで好きだったな」

——確か、その坂道で男にせまられていたという報告があったな。

「あと、浜辺で剣の稽古をして汗を流したあと、青い海で泳ぐと最高に気持ちよかった」

——島一番の剣の使い手とかいう男か。まさか、せまった男と同一人物ではないだろうな。どうせこいつのことだから、すけすけの小袖一枚で泳いでいたに違いない。

「それぐらいなら、ここでも叶う」

千羽が不思議そうに龍の顔をのぞき込んでくる。

「私が故郷の話をしたら、急に疲れきったような表情になったのはなぜだ？」

――男がらみの場所ばかり言ってくるからだ！

だが、龍は不敗の将軍、今や皇帝だ。そんなことを気にしているなんて絶対に覚《さと》られたくなかった。

「気のせいだ。わかった。週末、屋台に連れて行く」

「宮城にずっと閉じ込められると思っていたのに、外に出られるということか？」

「俺といっしょなら」

とたん、千羽が不服そうに唇を尖らせた。

「なんだ、俺と出かけるのが不満か」

「おまえといっしょのときがあってもいいが、自由に行き来できなければ牢屋《ろうや》と同じだ」

「それを言うなら、俺だってそうだ。戦いに出るとき以外は宮城に閉じこもっている」

「なら、せめて後宮の中ぐらい自由に歩かせてくれ」

「……ほかの妃が何か失礼なことを言ってくるかもしれない」

――下手したら危害だって加えかねない。

「そうか……一応、私を守ろうとしてのことか」

「まあな。こんなにかっこよくて聡明《そうめい》な皇帝を独占しているんだから、それなりの覚悟をしてもらわないと」

「この自信家め」

千羽が肩を軽くたたいて、冗談めかして睨んでくる。

そんな些細なふれあいが、龍にはとてつもなく幸せに感じられた。


翌朝、牡丹はいきり立っていた。不愉快な報告と命令が相次いだからだ。

まず、侍女の紅梅から報告があった。

『あんな皇帝陛下を拝見したのは初めてです。着飾った千羽様をご覧になって、裸のときが最も美しいが、衣裳を身に着けていると別の魅力があると絶賛されていました。それを私どもに聞かれたくない千羽様に口を塞がれたのに、陛下は喜んでいらっしゃるご様子でした』

それを聞いて牡丹は絶句してしまった。

――龍兄が偽者と入れ替わったと、誰か言ってくれ～！

頭を抱えていると、皇帝から勅書《ちょくしょ》が届いた。

『週末の夕方、平民の身なりで千羽と屋台街を巡りたいので、禁軍《きんぐん》と連携して、千羽に気づかれないていどの警護を頼む』

ぐしゃっと、牡丹は衝動的に握りつぶしたあと、慌てて広げて皺を伸ばす。

いやな予感が的中だ。

龍は禁軍を煩わせたくないと、いつも宮城にこもっていたのに、千羽が無理を言ったのだ。今はまだこのていどで済んでいるが、いずれ国を亡ぼすような要求を突きつけてくるのが目に見えている。

——なんとしてでも、あの島に追い返さないと……。

そうは思うが、とりあえずおしのびで外出中、龍に危害が及んではいけないので、禁軍の将軍と相談する必要がある。牡丹が立ち上がったとき、宦官が飛び込んできてこんな報告をした。

『皇帝陛下が庭園の湖のほとりで、千羽様と真剣を交えていらっしゃいます』

『真剣だと⁉』

——龍兄が殺される！

『すぐに武官と医官を派遣せよ』

続いて、湖に飛び込んだ千羽を追うように皇帝が水の中に入ったという報告が舞い込み、卒倒しそうになる牡丹だった。

——まだ春だぞ⁉

弟分である牡丹が不満に思っているのを感じつつ、龍は週末を楽しみにしていた。千羽とふたりで出かけるなんて普通の夫婦のようだし、ここ数日、千羽が宮城の外に想いをはせては、うれしそうにしていたからだ。

当日になり、龍と千羽は昇龍殿の使用人の部屋で平民の服に着替えた。地味な着物をまとった龍を、千羽が大きな瞳をさらに大きくして見てくる。

「いつものごてごてした服のときより、頭がよく見えるぞ」

相変わらず一言多いが褒め言葉として受け取ろう。

そういう千羽は胸を強調した宮女の衣裳ではなく、市井《しせい》の娘のように襟を交差させて帯を腰に巻く溌剌《はつらつ》とした恰好をしていた。

――破壊的にかわいい！

そうだ。この娘はもともと、こういう活発さが魅力だったのだ。

――最近、すぐに脱がせていたからな……。

正門から出ると、千羽が宮城を振り仰いで感嘆の声を漏らした。

「どうしたら、こんなに大きな建物を造れるのか！」

「俺が建てたわけじゃない。前王朝から奪っただけだ」

「だが、今、この建築術を持っているのは龍だ」

「まあな」

千羽が歩を止めずに上体だけ龍のほうに向けて、両手で手を握ってくる。

――積極的だな。

だが、そんな色っぽい期待は一瞬で終わった。というのも、千羽が真顔だったからだ。

「船でこの宮城に入ったときも思ったのだが、豊麗に必要なのは、おまえの国に学ぶことだ。豊麗の民に勉強する機会をくれないか。我が国には陽帝国水軍のような巨大な帆船を造る技術も、大型船を停泊させられる港もないんだ」

――なんと素直な！

自国を愛しつつも、他国の優れたところを素直に認められる世継ぎなど、なかなかいないだろう。

「それでこそ千羽。なら、留学生を派遣したらいい」

「いいのか？」

「ああ。造船や港湾《こうわん》技術などを学ばせたらいい」

千羽が歩きながらも握る手に力をこめ、熱い眼差しを向けてくる。

「ありがとう、本当にありがとう。私は二歳のとき、海難事故で父を亡くしたんだ。だから、立派な港ができれば、母もすごく喜ぶと思う」

「え？　千羽もなのか？」

豊麗は通い婚と聞いていたので、父親の存在が薄いのだと龍は思い込んでいた。

「もって、龍も子どものときに？」

「俺は十三で両親と弟を亡くした。戦災孤児なんだ」

「子どものころに亡くしたのか！　苦労したんだな。自分の力だけでここまで這いあがってきたってことか。本当にすごいな」

千羽は千羽で、龍が大人になってから親を亡くしたと思っていたようだ。

「ん、まあ。軍は実力主義だからな。俺は両親の記憶があることで辛い部分もあったが、記憶にないというのはまた違う悲しさがあるだろう？」

千羽がうつむいて下唇を噛んだ。泣くのをこらえているように見えた。

龍は歩きながら、千羽の腰を優しく抱く。

「皇后の国になるのだから、技術者と資材を送り込んで、すぐにでも港を建設させよう」

「よしてくれ。私は皇后なんてがらじゃない。それに、陽人に建設してもらうより、留学生に学ばせてくれたほうがいい。海難事故で父が救った子どもたちが今、二十代だから、自分たちの手で造りたいと思うはずだ」

「そうか……。なら、定期的に船を行き来させて、まずは留学生を連れてこよう」

「定期船か！　うれしいな。母と手紙のやりとりもできるようになる。もし母の承諾を得られたら、使節団を訪問させてもらえないか」

「もちろん。留学生と使節団の派遣は千羽から女王に提案したらいい。その親書を届ける船は、きっと復路では、豊麗の使節団と留学生を乗せていることだろう」

「親書、ぜひ書かせてほしい！　それにしても話が早くてびっくりだ」

「でないと四年やそこらで天下統一はできないさ」

「それもそうだ！　さすがだな」

尊敬の眼差しを向けられて、龍はこそばゆい気持ちになる。

――こんな視線、飽きるほど受けてきたのに、なぜ千羽だけが俺をこんな気持ちにさせられるんだ？

「あっ、屋台が見えてきたぞ」

千羽が駆け足になった。手を繋いだままなので、龍は引っ張られるように大股で歩く。

「あの赤い団子のようなものはなんだ？」

串刺しにした赤い小さなサンザシの実七つに飴《あめ》をからめたものが、台の上に所狭しと立ててある。

「サンザシ飴だ。財布は渡してあるだろう？　買ってみたらいい」

「こっちのお金で買い物なんて初めてだ」

一本選んでお金を払うと、千羽がサンザシ飴を龍のほうに向けてくる。

「ひとつ味見してみたらどうだ？」

「いや、俺は……」

——甘いものは嫌いなんだが……。

だが、善意をあふれさせた千羽を前にして断れようか。

「もらおう」

そういって、尖端の一個を噛んで串から外し、奥歯で噛む。

——甘すぎる……。

だが、うれしそうに串を横にして、サンザシ飴をほおばっている千羽を見ていると、嫌いだった甘味《かんみ》さえおいしく感じられてくるから不思議だ。

「あっ、あの花の形をしたかわいい箸置きみたいなの、あれも食べものか？」

千羽が指差した屋台には、緑豆糕《リュードウガオ》が積んであった。

「ああ。あれは、緑豆糕と言って、緑豆と米粉《こめこ》を蒸して型抜きしたお菓子だ」

「緑豆？　それなら甘い汁に入れて食べることはあるが、あんな置物みたいになるのか。買ってくる」

好奇心で目を輝かせ、千羽が速足で屋台に向かった。案の定、緑豆糕をふたつ買っている。なんの疑問もなく、ひとつを龍に差し出してきた。

当たり前のようにふたつ買い、ひとつを渡してくる。こんなことに龍は妙に感じ入り、受け取った緑豆糕をじっと眺めた。

「な、なんだ……これは、この食感は……！　おいしい！」

口をもぐもぐさせながら、千羽が同意を求める眼差しを向けてくる。

「食べないのか？」

「これ、よかったら、いるか？」

龍が差し出すと、千羽が首を横に振った。

「いや、おいしいから絶対、食べるべきだ」

「そうか。なら、もっとたくさん買ってきたらいい」

「そうするが、その前に龍も」

「ああ」

呑み込むような気持ちで緑豆糕を口に放《ほう》り込んだ。やはり、甘すぎる。

「おいしいだろう？」

自分の国のお菓子でもないのに、得意げに訊かれれば、「ああ。おいしい」と答える以外にあるまい。

「あとでたくさん買って帰る」

「そうか。今買っても荷物になるからな」

「ああ。持って帰って作り方を研究する」

「そういえば、船内で菓子を作っていたんだって？」

「ああ。あの船には料理人しか女性がいなくて、急遽《きゅうきょ》、私の侍女になったんだ。甘いものが食べたいと言ったら、作り方を教えてくれた」

――千羽が作ったお菓子……。

龍は、なぜか急にそれが食べたくなった。

「今度、作ってくれよ」

「ここ一週間、龍が甘いものを食べるところを見たことがないぞ。今も無理しているんじゃないか」

甘いものが好きとは言わずに、龍は食べたいという意思を伝えることにした。

「お菓子は文化の象徴だから食したい。青龍殿にも厨房《ちゆうぼう》がある。料理担当の女官もいるから、教えてもらったらいい」

「それは楽しみだな。船でお菓子作りを教えてもらっているうちに料理に目覚めたんだ」

「そうか。俺も食べるのが楽しみだ」

「料理もいいが、外でこうして出かけるのはもっと楽しい。龍は？」

「まあな」

そっけなく答えたが、龍は内心こう思っていた。

――ものすごく楽しい！

「エッチもいいが、人と人との交流はそればかりではなかろう」

千羽が真顔で諭すように言ってきた。

「エッチ？」

「ここではそう言うのだろう？」

「いや、ぼかして言うものだ。あれとか、するとか。その単語は下品だから今後は使わないほうがいい」

――いや、待て。それより、今、いいとか言っていなかったか。

「いいって、俺とするのが気持ちいいんだな？」

千羽が呆れたように半眼となった。

「いやらしい男だな」と、ぷいっと顔を背けたあと、言葉を継いだ。

「……気持ち悪かったら拒否してる。おまえも気持ちいいから、したがるんだろう？　皇子を産ませてやるとか大義名分を掲げてかっこつけるのはどうかと思うぞ」

――まだ屋台街に着いたばかりだって言うのに！

「煽るなよ。今すぐにでもしたくなるだろうが」

――禁軍さえいなければ、そこらの宿所に連れ込むものを……。

そんな龍の葛藤も知らずに、千羽が軽蔑の眼差しを向けてくる。

「今の『煽る』は性的興奮を起こすという意味か。それなら私は煽ってなどいない。やっぱりおまえは気持ち悪い」

そう言い捨てて、千羽が駆け出した。人ごみをうまく交わしながら、しゃれにならない速さで進んでいる。

護衛が見失いかねない。

――まずい
「おい、待て、危ないぞ」

龍は躰が大きいので、人混みで速く進むのが難しい。千羽の紅い髪飾りを目印に龍は歩を速めた。

そのふたりの様子を、屋台の出ている通りに面した建物の三階から見下ろしている者がいた。牡丹だ。

——人込みで人とぶつからずに、こんなに速く進めるとは……！

この身体能力の高さからして千羽のことを刺客だと思っていたが、今のところ龍を殺すそぶりを見せない。

——ならば、間諜《スパイ》……？

姫の身代わりに差し出した娘が皇帝に気に入られたのなら、殺すより、とことん利用したほうがいい。

——豊麗、恐るべし……！

得体の知れない恐怖に牡丹がぶるりと震えたとき、地上では、龍が千羽に追いついて背後から抱きしめたところだった。

「なんだ。あはは、うふふみたいな、あの戯《たわむ》れは……」

——龍兄、油断しすぎです！


牡丹が気を揉んでいることなど知る由もなく、ふたりはあちこちの店で買い食いし、お菓子を買い込み、上機嫌で宮城に戻った。

以来、千羽は連日、青龍殿の厨房で、料理担当の女官に助言をもらいながら、緑豆糕の試作を繰り返していた。木製の型から花型になった緑豆糕を外して棚の上に並べる。そうしながら、思い起こすことといったら、あの楽しかった屋台街のことだ。

頭がよく見えるなどといって茶化《ちゃか》したが、実のところ、平民の着物姿の龍には粗野な魅力があり、豊麗の船上にいたときのように千羽はときめいてしまった。

――顔が赤くなっているような気がして、走ってごまかしたんだが……。

ちょうどそのとき、龍が厨房に入ってきてどきっとする。最近は冕冠を外してから戻ってくる。今日も髪は後ろでくくっただけだ。千羽がこの髪型のほうが好きなのがばれているのだろうか。

「千羽、また緑豆糕を作っていたのか？」

胸の高鳴りを押さえつけて、千羽はきりっとした顔で返す。

「ああ。かなり店の味に近づいてきた」

「豊麗に向かう船を出す日が決まったぞ。一週間後に出港だ」

「一週間後？　そんなに早く？　さっすが四年で天下を統一した皇帝だけはあるなぁ」

千羽が大仰《おおぎょう》に言って龍の肩をたたくと、龍が目を半ば閉じて、ふんと鼻を鳴らす。

「こういうときだけ褒めるんだから」

「母への親書だけでなく、手紙をたくさん書くから渡してほしい。あと、お土産を買いたいので、店に連れて行ってくれないか」

「ああ。もちろんだ」

龍は、棚の上に並べられた緑豆糕に目をやった。

「どれ、ひとつ」

龍が摘まもうとしたので、千羽は手で制止する。

「甘くないものを作ったから、これを」

千羽は棚の端に置いた皿からひとつ摘まみ、龍に差し出した。

「俺のために？」

龍が屈んで千羽の手のところまで顔を下げ、緑豆糕を口に含んだ。彼の唇が少し指に当たったものだから、千羽は急に意識してしまう。それなのに龍は何事もなかったように、口をもぐもぐさせて味わっている。

「うん。これは塩辛くて、酒のつまみにいいな」

「ここは厨房だ。酒も飲めばいい」

千羽は顔が赤くなった気がして龍に背を向けて酒甕を取り出し、米の酒を杯に注いで龍に渡す。龍がひとくち飲むと、千羽に杯を差し出してきた。

「千羽も飲め」

「つまみを食べてから……」

千羽も塩辛い緑豆糕を食べ、酒に口をつける。

「うん、これは、酒が進む」

千羽が杯を置くと、龍がじっと見つめてきた。

「……千羽、前、ほかの妃に会いたいと言っていたよな？　まだ考えは変わっていないのか」

「ああ。同じところにいるのだから、せめて挨拶ぐらいしないとな」

「今度、月に一度の会合がある。だが、そこで知り合っても行き来したりせず、青龍殿《ここ》から出ないでくれ。俺の庭は湖もあるし、狩りができるほど広大だ。いいだろう？」

「なぜ交流してはいけないんだ？」

「こんなに男前な皇帝を独り占めしているんだから、毒殺されかねないだろう？」

――またか。

こんな返しをされたら、文句のひとつも言いたくなるというものだ。

「いくらかっこよかったとしても、四半刻で去るような誠意のない男には誰も入れ込まないだろう？」

「おまえどこでそれを……？」

「やはり本当だったんだな？」

「牡丹か？」

「さあな。情報源は秘匿《ひとく》する」

カチンと来たようで、龍が目を眇めた。

「……つまり、ずっといっしょにいるほうが誠意があって素敵だと千羽は思っているわけだな？」

「そういうわけじゃない。そんなぞんざいな扱いでは愛情が感じられないだろうなと思っただけだ」

「つまり特別扱いされて、四半刻どころか公務以外のときはいつもともに過ごし、しかも一夜に何度も抱かれている千羽は俺の深い愛情を感じているわけだ」

「おまえの愛は重すぎて、感じたくなくても感じてしまうんだ」

その瞬間、龍の瞳に劣情が宿った。

「……そうやって煽って。わかった今日は朝まで何度も抱いてやろう」

「ちょ、どうしたら、そういう結論にな……んっ」

口を塞がれ、千羽はそのまま抱き上げられた。もちろん下ろされるところは寝台で、「寝かさないからな」と、朝まで睦み合うことになる。

二日後には、龍が土産店《みやげ》に連れて行ってくれた。

土産店街の近くで馬車から降ろされる。今日の龍と千羽は金持ちの商人夫妻といった出《い》で立ちで、仕立てのいい着物を身に着けていた。

すぐ近くに見慣れた城壁があって千羽は驚く。高い壁の向こうに青龍殿が見えるということは、目の前を流れている川は、皇帝の庭に広がる湖を水源としている。

——正門から出たから遠くに来たような気がしていたが、宮城のすぐそばなんだな。

振り返ると、川を挟んで商業区と居住区に分かれていて、居住区のほうでは、子どもたちが真剣な表情で紙芝居を見ていたり、布の行商人の周りに女性たちが群がっていたりと、陽人の普段の生活が垣間見《かいまみ》れた。

——私もこういうところへ自由に行き来できるようになったらいいのにな。

そんなことを思っていると、荷車を引く馬が目の前を通り過ぎていった。

「馬が荷車を引いている！」

千羽がそう驚くと、龍が「豊麗にも馬がいるだろう？」と、訊いてくる。

「豊麗では馬は乗るもので、荷車は牛が引いているんだ」

「そうか。確かに荷車なら牛でもよさそうだな」

そんなたわいのない会話をしながら歩いていると、土産店が並ぶ一角に入った。小さな宮殿のような建物があり、その前で龍が歩を止める。

「ここが帝都一の土産店だ」

土産店というよりも、金持ち相手の高級品店といった趣《おもむき》で、実際、豪華な装飾がほどこされた店内には、宝玉や、金銀製品、白磁《はくじ》などが棚の上に美しく配置されていた。

「龍、ここに私の欲しいものはない」

こんな千羽の反応は想定内とばかりに、龍がこんなことを言ってくる。

「義母上《ははうえ》への贈り物を買いたいから、好みを教えてくれ」

「え、いいよ。そんなに気を遣わなくても。物欲のない人だから」

ふっと、龍が小さく笑った。

「千羽と似ているな。いよいよ気に入った。女王なら、威厳を出すための宝玉も必要だろう。どんな色がお好きかだけ教えてくれ」

龍が、宝玉が並ぶ棚を真剣に眺めている。義理の母親に気に入られようとしている普通の夫のようで、千羽は可笑《おか》しくなる。

「母の好きな色は緑だ」

すると龍は、翡翠《ひすい》の首飾りや香炉、果ては植木の形をした翡翠の置物まで買い込む始末だ。

富裕な商人が着るような仕立てのいい着物を着ていたとはいえ、龍が購入したものがあまりに高価なものばかりだったので、店員が目を白黒させていた。

千羽は店から出ると、庶民向けの土産店で、馬車の模型や、獅子《しし》や馬のぬいぐるみ、動く人形、筆記具など、豊麗では見たことのない物を買った。子ども向けのものは剣の稽古仲間の弟妹用だ。必要なものを女官に言えば買ってきてくれるが、やはり、買い物は自分の目で見て選べるほうがいい。

「買い物も千羽としたら、こんなに楽しくなるんだな」

そう言って笑いかけてくれる人が隣にいるから余計に楽しかったのかもしれない。龍とて、自由に外出できるわけではない。龍は何も言わないが、千羽は気づいていた。客に身をやつし、さりげなく龍と千羽を警護している者たちの存在に。

――皇帝に嫁いだのだから、不自由も受け入れないとな。

そんな境地になれたのも、やはり、故郷と陽を定期的に結ぶ船が就航したことが大きい。使節団や留学生の人選は船が豊麗に着いてから行われるので、船が陽に戻るまで三ヶ月近くかかるかもしれないが、豊麗人たちと会える日を想像しただけで千羽の心は弾む。

気が浮き立つような日々の中、後宮で、ほかの妃との顔合わせが行われた。もともと、ひと月に一回、こういう会合が催されていたようだが、前回は千羽が豊麗に来たばかりだったので、龍が流会《りゅうかい》にしたそうだ。

千羽は宦官に連れられて後宮に足を踏み入れる。

陽に着いたばかりのときは風景を楽しむ余裕などなかったが、今になって見ると、この後宮はとても美しかった。手前に小さな池があり、柳が池に向かって美しい曲線を描き、細い枝や葉が風に揺らめいている。

周りには綿毛が飛び、その向こう、後宮の中央には三階建ての円型の殿舎があった。

ここが皇帝が会を催すための建物だ。千羽が中に入ると、広間では妃四人が大きな卓を囲んで座っていて、一斉に千羽に顔を向けてきた。

皆、とても美しく、肌が透き通るように白い。こんなにきれいな人たちに囲まれておいて後宮に寄りつかないなんて、龍は趣味が変わっているとしか言いようがない。

この妃たちも今、千羽を見て、そう感じていることだろう。

「初めまして。私が豊麗から参りました千羽と申します」

千羽は初めて陽人の真似をして、手と手を合わせて裾で手を隠し、頭を下げる礼をした。すると妃たちがくすくすと笑い始める。

すると、女官長が飛んできてこう耳打ちしてきた。

「それは目上の方に対する挨拶です。千羽様は皆様と同じ妃殿下でいらっしゃいますから」

――それで笑われたのか。

笑われた理由がわかってすっきりしたので、千羽は「まだこちらの風習に慣れておりませんゆえ」と言って口の端を上げ、卓に着いた。

するとまたしても、妃たちが扇で口もとを隠し、上品な笑い声を立てた。

――扇はああいうふうに使うのか。

改めてほかの四人を眺める。女児を産んでいる妃がいるから、龍は短くても、やることはやっていたわけだ。想像しそうになって打ち消す。だが、きっとほかの四人は四人で龍と千羽の閨を想像しているのだろう。

——気持ち悪いな。

「皇帝陛下のおなり」

宦官の儀式めいた声が上がり、龍が現れる。冕冠をかぶり、マントをばさりと翻して、円卓の奥、中央に腰を下ろした。

そのとき急に、龍が遠い人になったような気がした。

——いや、気だけじゃない。毎日近くにいるから忘れていたけど、本当は手の届かないような人間なんだ。

「皆、今日はよく集まってくれた。紹介が遅れたが、こちらが新たに妃として入宮した豊麗国の千羽だ」

龍が隣に座る千羽に手を差し出した。いつもと違い無表情だ。ほかの妃たちの目を意識しているのだろうが、まるで知らない男のように思える。

「私が紹介に上がった、豊麗国出身の千羽と申します」

仲良くしてくださいと言葉を継ごうとしてやめた。龍からは、これからも後宮には出ないよう釘《くぎ》を刺されている。接触する機会がなければ、仲良くしようがない。

——当たり障りのない挨拶にしておこう。

「来たばかりでわからないことばかりですが、儀式などでごいっしょさせていただくことがありましたら、お見知りおきのほど、どうぞよろしくお願いいたします」

四人の妃が、優雅に目を細めてうなずいた。龍がいるせいか、さっきのような馬鹿にした感じがなくなっている。

「では、ひとりひとり挨拶としようか。次は千羽の隣の美媛《メイユエン》」

妃が順番に挨拶していく。皆、美人であるだけでなく、胸の盛り上がりを強調するような官能的な衣裳を身に着け、所作も優雅だ。なぜ、龍が千羽に執着しているのか、それが不思議でならない。

——美人を見飽きてしまったのかな。

食事が始まると、隣の美媛に話しかけられる。

「後宮の殿舎には初日に入られたあとずっと、ご不在でいらっしゃるとか？」

——どこにいるか知っていて、訊いているんだよな。

「ええ。ですから、皆様にお会いする機会がなかなかなくて。今日やっとご挨拶できてよかったです」

自分がどこにいるかはあえて答えなかった。千羽だけ特別扱いで青龍殿にいることを不快に思っているであろうことは容易に想像がつく。

「千羽様と仲良くなりたいので、後宮にお戻りになってほしいですわ。皆様もそうお思いですわよねぇ？」

美媛がほかの妃たちを見渡すと、三人とも　斉にうなずいた。もしかしたら、妃の中でもリーダー格なのかもしれない。

ここで、龍が青龍殿から出してくれないなどと言ったら、惚気《のろけ》と思われるのがオチだ。

「私は何をしでかすかわからないので、皆様のそばに置いておけないと、陛下はお考えなのでしょう」

千羽は開き直って、にかっと口を開けて笑ってから、龍に鋭い眼差しを向けた。

——おまえがどうにかしろ！

そう目で語ったつもりだ。

すると、龍がおやおやと眉を上げた。

「その通りだ。千羽は剣が得意で、余とよく真剣でやりあっている。後宮は剣を持ち込めないので、青龍殿に留めおいている次第」

その瞬間、妃たちが千羽を見る目に恐れが加わった。

「私を青龍殿に住まわせるなんて、陛下は命知らずでいらっしゃいますわ」

千羽が小首を傾《かし》げて龍に笑いかけると、龍が顔を上げて愉快そうに笑う。

「その通り。余は身を挺《てい》して妃たちを守っているというわけだ」

会食が終わって青龍殿に戻ると、龍が楽しげに話しかけてきた。

「見たか、妃たちの顔！　千羽が何を言っても殊勝にうなずくようになったぞ。命が惜しいようだ」

「そうか？　どん引きされているようにしか見えなかったがな」

千羽が冷めた眼差しを龍に向けたというのに、龍は上機嫌で千羽を抱き上げた。

「ますわ、みたいな女らしいしゃべり方もできるんだな。すごく新鮮だった。今晩はあの口調にしてくれ」

――またこれか。

千羽は呆れて半眼になってしまう。

「ごめんだ。それでまた煽られたのなんだの言って欲情するんだろう？　あの口調がいいなら、ほかの妃のところに行けばいい。みんな龍に来てもらいたそうだったぞ」

縦抱きにした千羽の顔に、龍が顔を近づけてくる。

「嫉妬しているのか？」

「うれしそうに訊くな！　私が来たせいでおまえの訪問がなくなったって恨まれるのも気分が悪い」

「もともと訪問してないから大丈夫だ」

いつの間にか、龍が寝台の前まで来ていて、千羽はどさっと仰向けで下ろされる。龍が千羽の両側に手を突き、真上に顔が来た。意外にもその表情は真剣で、千羽はどきりとする。

「千羽、おまえ以外の女とやるぐらいなら、おまえを思って自慰したほうがマシだ。わかったか」

真顔で言うことだろうか。千羽が唖然として口を少し開けたところ、舌を押し込まれる。

龍が深くくちづけながら、手を裳《スカート》の中に潜ませた。太ももをさすり上げ、秘密の路《みち》に指二本を差し入れると、迷うことなく、千羽の最も弱い、浅瀬の一点を突いてくる。

「あっ」

あまりの快感に千羽が顎を上げ、唇が外れた。

「それに、こんなに濡らして俺を待っている千羽がいるのに、どこに行けと言うんだ？」

「だって、龍が……」

龍の頭の中には千羽の地図ができあがっていて、どこをどう愛撫すれば千羽が悦ぶのかを完全に把握している。それなのに龍は、飽くことなく千羽を抱くのだ。

そんないつもと同じ夜だったが、うめくような声がして、千羽は目を覚ました。

「うぁ……ぁあ……父上、母上……」

龍が眉をひそめてうなり声を上げている。こんなことは初めてだ。横寝で、しがみつくように千羽を強く抱きしめて震えていた。

「どうした？　龍？」

そう訊いても、龍が目覚めない。

仕方ないので、千羽は龍の額に頭突きをした。

「な、何を？」

龍がすぐに目覚めた。

「おまえ、うなされていたぞ」

「寝ているときに頭突かれたら、うなされもするさ」

「いや。順番が逆だ。うなされていて声をかけても起きないから頭突いたんだ」

「……そうか。今日、後宮に行ったから……」

――ほかの妃に会うと、うなされる？

龍が千羽の胸に頬を預けて目を瞑った。眉間に皺が寄っている。

「千羽がいてくれてよかった」

龍が取りつくろうように微笑み、こう言ってくる。

「いやな夢でも見ていたのか」

「夢ならいいが、現実だ。略奪に来た兵士に両親と弟を殺されたんだ。俺だけ……空《から》の水甕《みずがめ》の中に隠れていて助かった」

――龍、目の前で家族を殺されたのか！

そのときの龍はまるで捨てられた仔犬のようにとてつもなく哀れで、かっこよくも強くもなかった。それなのに、千羽の心に龍を愛おしむような気持ちが広がっていく。

「もう大丈夫だ。私がおまえを守ってやる。だから……安心して眠れ」

龍がゆっくりと瞼を開け、もの言いたげな眼差しを向けてくる。言いたいことはわかっている。いざとなったら殺すと豪語している千羽がこんなことを言うなんておかしな話だ。

だが、龍はもっとおかしい。

美妃たちを蔑《ないがし》ろにして、自身に危害を加えかねない千羽とふたりきりでいることを選んでいるのだから。

そのとき、千羽にようやくひとつの答えが浮かんだ。

龍が妃たちを必要以上に避けるのは、自分の戦いの結果である人質を見たくないからではないか。

――いや、それは考えすぎか。

家族を喪《うしな》った龍にとって、千羽が唯一、気を許せる女なのだろう。そう思えば、龍が千羽を自身の殿舎に置きたがったのもわかる。今になって、千羽は龍の孤独に気づいた。

龍は瞼こそ閉じているが、眠れない様子だ。

「龍、今日は私がおまえを抱いてやるから、そのあと、ゆっくり休んだらいい」

「千羽？」

龍が目を開け、不思議そうに見てくる。

「さあ、もう一度目を閉じるんだ」

千羽が彼の肩をそっと押してうながすと、龍が後ろに倒れて仰向けになった。降参するかのように手を左右に挙げている。

ふたりともすでに裸だったので、千羽はそのまま彼の腰に跨った。

「龍、おまえの鍛え抜かれた躰こそ、私は美しいと思うぞ」

千羽は上体を倒して龍にくちづけ、舌を差し入れる。すると龍が口腔内で彼女の舌を舌で包み込み、飴でも舐めるようにしゃぶってきた。下向きになった乳房の先端が胸板に触れたり触れなかったりするのもあいまって、千羽は早くも下肢を熱くし、秘所を彼の腰にすりつけるように腰をくねらせてしまう。

――いけない、流されるところだった。

「撫でてやる」

千羽は気を取り直して身を起こし、ふたつの円を描くように胸筋を撫で回した。

龍が困ったように眉を下げたが、その口もとがゆるんだのを千羽は見逃さなかった。彼の胸筋の中央にある微《かす》かな突起にくちづけ、舐め上げる。

龍がびくっと小さく反応し、双眸を狭めた。

――この調子だ。いつもされていることをしてやればいい。

千羽は小さな尖りを交互に唇で愛撫しながら、彼の肢体に手を這わせる。腹筋のいくつかの丘を越えれば、その先にはすでに硬く反り上がった男根がある。千羽がそっと手で包み込むと、彼の腰がびくっと反応した。

「ここが悦《い》いのか？」

すると龍が呆れたように半眼になった。

「どこのおやじだよ。俺でさえもそんな下品な問い方をしないぞ」

「それじゃあ……ここが気持ちいいんですか？」

精一杯、かわいい娘《こ》ぶって、千羽は小首を傾げてみた。

「ああ。千羽に触ってもらえるなら、どこでも気持ちいい」

「もう！　龍はすぐそんなことを。人たらしめ！」

「千羽しか、たらすつもりはない」

龍にいつもの調子が戻ってきて、千羽はうれしくなる。龍の胸の先をちゅうっと強く吸いながら、生温かい剛直を手で包んだまま前後にさする。

龍が片方の口角を上げたが、その目からは余裕が消え、劣情をまとった。彼の手が千羽の臀部に伸び、ふたつの丘がそれぞれ彼の大きな手で覆われる。早く目の前の雄芯を咥《くわ》えこめとばかりに、尻のふくらみに骨張った長い指を沈ませ、自身のほうに引き寄せるように揉みしだいてきた。

「あ、りゅ、龍……わかった、い、今……」

千羽は腰を浮かせて張りの尖端を自身の秘裂にあてがう。徐々に腰を下ろせば、さっきからひくついてこれを求めていた蜜口は、欲しかったものを与えられて離さないとばかりにぎゅぎゅっと締めつける。

「くっ」と龍が双眸を狭めた。

千羽のそこは恥ずかしいぐらいに濡れていて、彼の性はふくらみ切って大きくなっているのに、千羽が思い切って腰を落とせば、つるりとなめらかに根元まで呑み込む。

「あっ」

そうなると感じてしまうのは千羽のほうだ。しかも千羽の張り出した乳房の先端を、龍が指の関節でそっと触れてくる。ささやかな接触が却って大きな快感をもたらし、あまりの気持ちよさに千羽は腰を揺らした。

「……締めつけておいて……動くなんて……」

龍がうめくように言うと、千羽の動きに合わせて腰を突き上げてくる。

「あ、ああ！」

千羽は小さく叫んで髪を振り乱し、彼の腰に自身の秘所を押しつけるように、何度も腰を前後させた。

「髪……きれいだ……鳥の翼みたいで。そうだ、おまえは……千の羽根を持っている」

そんな言葉はもう千羽には届かない。ただ、腹の奥で密壁をなぶる熱棒と、蜜口を圧する彼の根もとの感触に酔いしれていた。

締めつけが強くなったとき、龍はもうすぐ千羽が達することを察したようで、千羽がくずおれる寸前に彼女の中で精をほとばしらせた。

龍の胸板に倒れ込んだ千羽は汗と蜜にまみれ、溶け合うような感覚に陥る。

「千羽……おまえを愛してよかった」

ぼんやりした頭に、甘い言葉が響き、千羽は幸せな気持ちの中、眠りに落ちた。


そんな一夜があってからというもの、千羽は龍に、ほかの妃のもとに行くよう勧めるのをやめる。

青龍殿で、龍と普通の夫婦のような生活が続き、気づけば季節は夏になっていた。

大陸の夏は風が吹かないので蒸し暑いが、湖で龍と泳げば暑さも吹っ飛ぶ。祥賢にもらった大きな巻貝に耳をつければ、頭の中に故郷の海が広がっていく。

しかも、二日後には宮城内の港に豊麗からの船が着く。豊麗人たちは登殿して皇帝に拝謁《はいえつ》することが許されており、その接見に千羽も同席する予定だ。

接見したあと、青龍殿の庭で宴会を開く段取りもついている。

その宴会に自分が作った料理を出そうと、千羽は厨房にこもって豊麗料理を作り続けた。船旅で一ヶ月近く、故郷の料理を食べられず、懐かしく思っているころだろう。

「千羽、張り切っているな」

龍が厨房に入って、小魚の漬物をつまみ食いした。

「おいしいじゃないか」

「陽人にもそう思ってもらえるなんてうれしいな」

龍が背後から千羽の腹を抱きしめて、耳もとでこうささやいてくる。

「千羽が作ったからおいしいんだ」

甘い言葉に千羽が振り向けば、顎を取られて唇を寄せられる。

蜜月は永遠に続くように思えた。

だが、恋はそんなに甘いものではない。恋を続けることは、往々にして恋を始める以上に難しいのだ。

第五章　望郷

ついに接見の日がやって来た。

久々に豊麗人たちと会える喜びに、千羽は朝から落ち着かない。厨房で、時間ぎりぎりまでねばって料理を仕上げると、慌てて部屋に戻って豊麗の衣裳を身に着けた。鳳凰《ほうおう》が刺繍された紅色の着物で、この日のために特別にあつらえたものである。

美しすぎると大絶賛した挙句に龍が裾から中へ手を突っ込んできたので、かんざしで威嚇すると、龍が不服そうに手を引っ込めた。

正装姿に冕冠《べんかん》をかぶった龍に連れられて、千羽は足取りも軽く昇陽殿へと向かう。

昇陽殿の大きな扉が衛兵によって開かれれば、黄金の塊のような椅子二脚が目に入る。当たり前のようにその椅子に向かって歩を進める龍に手を引かれ、隣の椅子に腰を下ろした。視線を前に向けると、二十段ほどある階段下の広間では重臣たちが整然と並んでいた。

「皇帝陛下、妃殿下のおなり」という仰々しい声が広間に響き渡ると、「皇帝陛下、妃殿下に拝謁いたします」と、重臣たちが声をそろえて礼をする。

「豊麗国使節団と留学生をここに」

龍がそう告げると、衛兵たちが「御意」と答え、広間の向こうの巨大な扉に手をかけた。扉が開くにつれて、薄暗い室内が光に包まれ、その扉の向こう、長い長い階段の途中に、暗い色を好む陽人とは異なる、青、橙、赤と、色とりどりの衣裳を着た者たちの集団が現れる。

これぞ豊麗人だ。

千羽は泣きそうになり、顔を覆った。だが、泣いてはいけない。ひとりひとりの顔が見たい。

「豊麗国使節団、及び留学生は皇帝陛下、妃殿下の御前《ごぜん》へ！」

再び声が響き渡ると、豊麗人たちが広間に入ってくる。若者を勉強させようという意図なのか、使節団長の女性官吏こそ四十代だが、ほとんどが二十代だった。

使節団長の横に立つ凛々しい若者は——祥賢だ。

千羽は思わず椅子から少し躰を浮かしてしまい、慌てて腰を下ろす。

使節団長が一歩前に出た。

「皇帝陛下、妃殿下、この度は使節団と留学生の派遣に労を取ってくださり、感謝申し上げます。お礼の献上品をこれより、お渡しいたします」

豊麗一行が手に持っていたつづらを陽帝国の官吏に渡し、その官吏が献上品の内容を告げながら、龍と千羽の前に積み上げていく。

「献上差し上げるのは物品だけではございません。我々の舞をお見せしたく思います。よろしいでしょうか」

使節団長が問うと、龍が応じる。

「ああ。ぜひ見せてくれ」

このときになって、ようやく千羽は隣に龍がいたことを思い出す。龍の声は千羽とふたりでいるときとは違い、不機嫌に聞こえた。

――儀式のときはこういう声色を作っているのかな。

すぐに、豊麗の者たちが音楽を奏で、舞い始めたので、千羽は龍のことを再び忘れた。豊麗の舞は、大陸とは違い、跳ねたり、宙返りしたりと、動きが派手で、陽国の重臣たちも見入っている。もちろん、ここにいる誰よりも千羽は一挙手一投足、見逃さないよう食い入るように眺めていた。

この舞は母から千羽への贈り物だ。祥賢は剣だけでなく舞も得意で、中心となって踊っていた。

舞が終わると、千羽は思いっきり手をたたいた。陽人たちも拍手し始める。本当に心を動かされたときに起こるような盛大な拍手だ。千羽は自国の舞が評価されたことに胸を熱くした。

「すばらしい舞であった。貴国の女王にも感謝の意をお伝えしてくれ」

龍がそう告げると、千羽のほうを向いてうなずいた。千羽にも話す機会を与えようとしているのだ。

「皆、懐かしい舞を見せてくれて、ありがとう！　このあと食事会があるので、ぜひ参加してくれ。最近の豊麗の話を聞かせてほしい」

皆が深々と腰を折った。この挨拶も陽とは違い、懐かしいものだった。陽でお辞儀といえば、手と手を合わせて袖で隠し、頭を下げる動作になる。

最初に辞するのは皇帝と決まっているので、龍が立ち上がった。それに千羽も続くが、顔は豊麗一行のほうに向けたままだった。視線が合うと、祥賢が片目を瞑って応《こた》えてくるものだから面食らってしまう。

大きな扉の向こうの回廊に出たとたん、千羽は言葉をあふれさせる。

「龍、本当に今回の定期船の件、ありがとう。龍がそのまま使節団を乗せて船を戻せばいいと言ってくれたおかげで、こんなに早くみんなと会えた。本当にありがとう」

千羽が感謝をこめて龍の手を握ったというのに、龍の瞳は何の感情も映していなかった。

「そうか。それはよかった。献上品はすぐに皇帝の間《ま》の千羽の部屋に届けるよう手配してある。きっと女王からの手紙もあることだろう。庭での食事会までまだ時間があるから、俺は少し外す」

龍が足早に去っていったので、千羽はひとりで青龍殿に戻った。


その足で龍が向かったのは、豊麗から戻った使節団が控える一室だ。そこで龍は、鉄鉱石の専門家を含む八人と大きな卓を囲んだ。

「豊麗の女王の様子はどうだったんだ？」

まず気になるのが千羽の母の反応だ。

「御簾《みす》越しで顔はよく見えませんでしたが、小国なのに相変わらず媚《こ》びたりせず、態度が大きかったです」

——こういうところは母譲りだな。

龍は笑いそうになってしまう。

「娘が嫁したことに関して何か言っていたか」

「陛下の前で申し上げるのははばかられるのですが……陛下が千羽様をとても大切になさっていることをお伝えしたところ、まんざらでもないご様子で、娘の魅力がわかる皇帝で何よりだと……陛下には不敬な物言いとは存じますが、そのようにおっしゃっていました」

「無礼だとか無礼でないとかに気を遣わず、そのまま伝えてくれればいい」

「御意」

千羽は母親に、じっとしていればきれいだと言われたらしいが、母親なのだから動いているときの千羽の魅力を誰よりもわかっているはずだ。それを認められてうれしいのだろう。

「豊麗の使節団と留学生が予定より早く到着したということは、女王はこの定期船に賛成ということだな?」

「御意。皇帝陛下と妃殿下の親書をお渡ししたら喜んでいらっしゃいました。女王から、千羽様へのお土産や手紙を預かっております。ご息女とこういったやり取りができるのをご母堂としてうれしく思われたのではないでしょうか」

「それもそうだ。で、鉄鉱石のほうもうまくいったのだろうな?」

派遣していた採掘の専門家が答える。

「もともと最初の契約で、採掘した鉄鉱石を陽帝国の皇帝以外には渡さないとなっておりましたが、今回、我々がすぐにでも採掘すると持ちかけたところ、採掘するのは陽人ではなく、まずは採掘の技術を豊麗人に教えるのが先だと。豊麗人が採掘したものを輸出したいとのことでした」

「ふむ。敵もさるもの。豊麗には得《とく》しかない条件だ。だがいいだろう。賢い女は嫌いじゃない。採掘したものは全て余がもらうのだから、良質な鉱物が採れるよう留学生たちにとことん教えてやれ」

「御意」

本来、龍はこんな回りくどいやり方を好まない。軍事力に関わる鉄鉱石など、今すぐにでも掘り起こしたいぐらいだ。千羽かわいさで油断しているような気もするが、仕方ない。千羽にはいずれ陽帝国の皇帝となる子を産んでもらうのだから。母親の出身国には息子が誇れるような国になってもらう必要がある。

次に、龍が向かったのは、皇帝お抱えの諜報《ちょうほう》部員のひとりで、前回の訪問で千羽を内偵させていた楊大《ヤンダー》という男の部屋だ。今回の船の中にも潜ませておいた。

皇帝自ら部屋に現れたので、大がその場でかしずいた。

「早く話が聞きたいので、卓に着け」

そう命じて龍が小さなテーブルに着けば、大も「御意」と、向かいに腰を下ろした。

「今回、来陽した豊麗人の中に見覚えのある者はいるか？」

「御意。前回の使節団訪問のとき、豊麗城の裏門から千羽様とともに出て、坂道の途中で親密そうに話していた伊礼祥賢《イーリーシャンシャン》という男がおります。先頭に立っていた留学生のまとめ役です」

――やはり、あいつか。熊猫《パンダ》みたいな名前しやがって。

千羽は、豊麗一行の中からあの若者を認めると、感激したように目を見開いていた。

「当時、千羽は砂浜で泣いていたが、泣かせた男があいつか」

「口論の末に砂浜まで駆け下りていかれたときのことなら、祥賢という若者が原因かと思われます」

――あのとき、千羽は処女だった。千羽が選んだのは祥賢ではなく、俺だ。

ただ、龍の中で、ひとつ引っかかっていることがあった。船上で千羽が龍に惹《ひ》かれたのだとしたら、それは龍を豊麗の男だと思い込んでいたからだ。そうでなければ、絶対に純潔を捧げたりしなかっただろう。

もし、祥賢との間にできた子が皇太子になれば、この陽は、いやこの大陸は、豊麗のものになる。あんなにも豊麗を愛している千羽がそのことを考えないはずがない。

さっきの接見で、豊麗人の中にあの男を認めたときから千羽は完全に龍の存在を忘れた。龍が発言して初めて、そういえばここに龍がいたとばかりに顔を向けてきたのだ。

「千羽が本島に戻ってから、陽国の船に乗るまでの二日間に、祥賢とかいう若者と寄りを戻した可能性はあるか？」

「それはありません。けんかしたせいなのか準備に忙しかったのかはわかりませんが、贈り物を渡すこともできなかったらしく、我が国の船に乗るために砂浜で千羽様が輿から降りられたとき、急に祥賢が砂浜に駆けてきて、贈り物を渡したぐらいです。あれには豊麗の官吏も驚いた様子でした」

「贈り物？　それはどんな物なのだ？」

「それが大きな貝でして……変なものを渡すものだと思ったものです」

「貝？」

そう復唱した瞬間、龍はやたら大きな巻貝を思い出した。波の音が聞こえるあの貝だ。千羽が、あの貝を耳につけているとき、思いをはせるのは故郷の青い海とばかり思っていたが、その青い海が広がる砂浜に立つ祥賢の姿も含んでいたのだ。

そのとき、今までにない絶望が龍を襲った。

人を愛したとき、最も恐ろしいのは相手を亡くすことだが、恋の場合は、それよりももっと恐ろしいことがある。

恋しい者の心を、ほかの男に奪われるということだ。

からりと晴れた夏の午後で、その陽射《ひざ》しが窓から差し込んでいるというのに、龍は寒気を感じてぶるりと震えた。

しかも、豊麗人たちを歓迎する宴席がもうけられた湖のほとりに着いたときにはもう、千羽の隣に祥賢が当たり前のように座っていた。もちろん、祥賢だけではなく、豊麗人たちが千羽の周りを囲んでいるのだが、こうして若い祥賢が千羽と並んでいるところを見ると、自分よりもよほど似合いに見える。

龍は千羽より十二歳年上だった。

一行からは見えない、樹木で視界が遮られるところから龍は近づいた。千羽の浮かれた声が耳に入ってくる。

【みんな、故郷の料理が懐かしくなったんじゃないかと思って、この私が作ったんだぞ！】

【千羽が？　これは胃薬を持ってくるべきだったな】

祥賢が失礼な返しをすれば、豊麗人たちがどっと笑う。豊麗は上下関係がゆるいとは聞いたことがあるが、ここは陽帝国だ。その皇帝の妃に対して馴《な》れ馴《な》れしいうえに失礼にもほどがある。

【ほら、これ、祥賢の好物の小魚の漬物だぞ】

そう言いながら千羽が皿を手渡したとき、手と手が触れて千羽が照れたように手を引っ込めた。祥賢が照れるならまだしも、千羽がなぜこんな反応になるのか。

祥賢が小魚を口に入れ、【うまい。すごいな。こんなのも自分で作れるようになったのか】と、おいしそうに咀嚼《そしゃく》している。龍も味見したが、まさかこの男のために作ったとは思ってもいなかった。留学生を寄越すとなると、元恋人の祥賢が必ず来ると踏んでいたのだろう。

【大きな巻貝をくれたお礼だ。あの貝で海の音を聞いていると、みんなで剣の稽古をしたり、海で泳いだりしたときの気分になれるんだ】

【そうか。よかった】

千羽がすっくと立ち上がった。

【祥賢、酒を飲む前に、手合わせを願えないか】

【え？　ここでか？　そういうわけにもいかないだろう。だって、千羽は今や、陽帝国のお妃様で、剣を向けたら外交問題だ】

祥賢は自身の立場をわきまえているようだ。

【固いことを言うなよ。私なんか真剣で皇帝とやり合ってるんだぞ。それで上達したところを、祥賢に見せたいと思ってるっていうのに】

そのとき急に、龍の頭に、豊麗沖の船上での千羽が思い浮かんだ。あのとき千羽は龍を前にしているのに遠くを見るような眼差しでこう言った。

『おまえは、その剣の使い手に少し似てる……』

その剣の使い手とは、この祥賢のことだ——。

そう確信すると、龍はいてもたってもいられなくなり、木陰から湖のほとりへと姿を現す。

すると、豊麗人がひとり、ふたりと立ち上がって、腰を折る挨拶をしてきた。

「龍……いや、陛下」

千羽が龍を陛下と呼び直した。距離を感じる。龍は大股歩きで千羽の横に来ると、彼女の腰を抱き寄せた。

「堅苦しい呼び方はよせ。いつも通り、龍でいい」

「そうか……龍。祥賢がさっき外交問題とか話してたから、私も気をつけないと、と思ったのだが……気にしすぎたようだな」

「そうだ。いつも通りにしていればいい」

龍は笑い顔を作るが、千羽が祥賢という名を口にしたこと、さらには彼の言動に影響を受けていることを内心、不愉快で仕方なく思っていた。

「そなたが祥賢か」

龍が不遜《ふそん》に問うと、祥賢が顔を上げた。

「皇帝陛下、このたびは、貴国に学ぶ機会をお与えくださり、感謝申し上げます」

正直、健康的すぎてまぶしい。

日に焼けた肌だからこそ目立つ目と歯の白さ。きりっと上がった太めの眉が凛々しく、そして鍛え抜かれた体躯。それを包む衣には青い空と白い飛沫をあげる波が織りこまれている。あの島の価値観では、こういう男こそ女たちからの賞賛を集めるのではないのか。

龍は千羽の腰をつかむ手に力をこめる。

「いや、ここにいる我が妃に感謝することだ。全て千羽が考えついたことだからな」

「そうですか……では、鉄鉱石のことも、妃殿下がお考えになったのですか？」

晴れ渡った空のようだった祥賢の瞳がいやみっぽく細まった。

――こいつ、千羽が知らないと踏んで言っているな！

「鉄鉱石？　なんのことだ？　私が頼んだのは造船と港湾の技術だったよな？」

と、千羽が曇りなき眼《まなこ》を龍に向けてくるではないか。

「豊麗で鉄鉱石が採れることがわかったので、その採掘技術を留学生たちに学んでもらうことになったんだ」

「採掘法も伝授してくれるとは！　ありがたい！」

「まあな」

その策を考えたのは千羽の母だが、そう間違ってはいない。

「鉄鉱石のことは母は手紙では触れていなかったが、港湾技術を学べることについては、すごく喜んでいた」

「女王陛下は昔から、豊麗に立派な港があればっておっしゃっていましたもんね？」

祥賢が図々しくも横やりを入れてきたものだから、龍は苛立つ一方だ。

「いつも通りの口調でしゃべってくれよ。母の受け売りかもしれないが、私も、もっとしっかりした港があれば、父が亡くなることもなかったのかなってつい考えてしまうんだ」

「俺、採掘よりも港湾技術について学んで、豊麗に立派な港を建造してみせるよ」

――いきなりため口か。

「祥賢、ありがとう」

千羽が感動で潤んだ瞳を祥賢に向けたものだから、龍の我慢は限界を超える。

「祥賢、千羽の代わりに余が剣の相手をしてやろう」

「いえ……友好を深めるための会を台無しにしてしまいます」

――なんだ、この自信は。俺を打ち負かせるとでも思っているのか。

これは絶対にたたきのめさなければならない。

「別に真剣で勝負しようというわけではない。木刀なら問題なかろう」

「いや、それより料理を食べてくれよ」

千羽が口を挟んできた。料理や酒が所狭しと並べられた、背の低い長細い卓に向けて手を差し出している。

「食事に余興はつきものだ。余と祥賢の試合を見ながら皆、食するがいい」

龍はそう言って、近くの近衛兵に目配せする。

「木刀を二本持ってこい」


そんな龍を見て、千羽は今日の龍は何かおかしいと感じた。

——もしかして嫉妬してる……？

だとしたら、お門違《かどちが》いもいいところだ。

千羽はいやいや皇帝に嫁いだが、皇帝は龍だった。豊麗沖の船上で千羽が龍を選んだのだ。俺のものになれと言う祥賢ではなく、俺はおまえのものだと言う龍を——。

すぐに近衛兵が木刀を手に戻ってきた。

龍が木刀を祥賢に渡すと、お互い向かい合って木刀を構える。ほかの者たちは敷物の上に座って眺めていたが、緊迫感が伝わったのか、食べながら見るというより、固唾《かたず》を呑むといった表情に変わった。

龍は明らかに手合わせという感じではなかった。一瞬で打ち負かすような気迫がある。いつもの千羽との手合わせは今思えば完全にお遊びだった。だが、余興なのだから今だってお遊びでいいはずだ。

しばらくふたりは向き合っていたが、祥賢が一歩前に出たが最後、すぐに木刀が下から払われると同時に、体当たりされて後ろに倒れた。地面に仰向けになった祥賢の喉もとに龍が切っ先を突きつけ、しばらくその体勢のまま固まっていた。

龍がニッと余裕の笑みを浮かべて木刀を近衛兵に渡したことで余興は終了となり、拍手が湧き起こる。食事を再開させた豊麗人たちは、どことなく安堵した表情に見えた。

「祥賢、なかなかの使い手だな」

「そう自負しておりましたが、皇帝陛下には全く歯が立ちませんでした」

祥賢が着物についた砂を払いながら起き上がり、ちらりと千羽を見てくる。含意ある眼差しを向けられるのは大変よろしくない。

案の定、龍がその視線の先を追い、千羽にたどり着くと、眉間に皺を寄せた。

だが、龍はすぐに笑顔になり、豊麗人たちにこう告げる。

「今宵《こよい》は青龍殿に泊まっていくがいい」

青龍殿は帝の住処で、妃でさえも自由に入れないところだから破格の扱いだ。さっきの不機嫌さとは裏腹な提案を千羽は奇妙に思いつつも、自国の者たちが歓声を上げて喜んでいるので、心の中で龍に感謝した。

――私の顔を立てようとしてくれているのかな?

【こんな立派な建物に?】【帰国したら自慢しなきゃ】などと、豊麗人たちが盛り上がる中、祥賢だけがとまどうような表情をしていた。龍の敵意を感じ取っているのかもしれない。

「龍、いいのか。外国人を皇帝の殿舎に泊めるなんて……」

「皇帝《オレ》が決めたことに逆らえる者など誰もいない。泊めたら朝食だって故郷のみんなと食べられるぞ?」

龍が笑顔を向けてきたが、目が笑っていなかった。

――なんでだ？

とはいえ、明日の朝も会えるのはとてもうれしいので、千羽は「ありがとう」とだけ答える。豊麗の者たちと別れてふたりきりになると、龍が千羽の腰に手を回したまま歩き出す。ただし無言で。不機嫌そうなので、千羽もなんとなく話すのがはばかられて黙り込んだ。こんなことは今までなかった。

だが、やることはいつも通りで、皇帝の間《ま》に入ると、龍は千羽を連れて浴殿に向かう。花の形をした浴槽にはすでに湯が張ってあった。事前に用意させていないとこうはならない。

「今日は侍女のように千羽を洗ってやる」

龍が千羽の腰に巻かれた帯をゆるめて足元に落とし、千羽を覆う衣を一枚一枚剥《は》いでいく。確かに、侍女が千羽の衣裳を脱がすときのような丁寧さだ。

――なんでいつものあのぎらぎらした感じがないんだ？

龍が自分は脱がずに床に座り、自身の大腿の間に千羽を下ろした。やはり、すぐにでも繋がりたいんだなと千羽が思ったところで、龍が意外な行動に出る。

いい香りのする洗い粉の入った袋で、千羽の腕や脚を洗い始めたのだ。浴殿で龍に洗われたことが何回かあるが、洗うところは胸や脚の付け根などで、洗うというより愛撫するに近かった。今日の龍はどこかおかしい。

そんなことを思っていると、龍が入念に千羽の手を洗い始める。

――もしかして、皿を渡すときに祥賢と手が触れたのを見ていた？

誰かに誤解されてはいけないとすぐに手を引っ込めたから一瞬のことだ。あの瞬間を見逃さなかったのかと思うと、千羽は可笑《おか》しくなって、龍を振り仰ぐ。

龍はいたって無表情で、ご丁寧にも指と指の間まで洗っていた。

「何が可笑《おか》しい？」

「だって、さっきから手ばっかり洗ってるから」

「そうか。なら、もっと気持ちよくなれるところを洗ってやろう」

龍が洗い袋で脇下から乳房の輪郭をたどると、丘に乗り上げ、乳暈の周りに円を描いてくる。

「んっ」

千羽はびくっと首を傾げて反応してしまう。やはり、龍だ。洗うだけで終わるはずがない。だが、焦らそうとしているのか、すでに尖っている乳首を無視して、その周りばかり優しく撫で回してくる。

千羽は腰をくねらせ、悶え声を上げた。

乳頭を触ってほしいとも言えず、千羽は「龍……どうして？」と問うが、龍が涼しげな顔で洗い袋を下げていき、今度は腹に円を描く。

「あっ。龍……そこじゃな……ぁあ」

「ここでいい。ここはまだ洗ってなかっただろう？」

祥賢とのことが気に食わなくて意地悪しているのだろうか。だが、龍とて苦しいはずだ。皇帝の衣裳を着たままだというのに、布越しに千羽の臀部に硬いものが食い込んでいる。尻をむずむずと動かすと、その硬いものが大きさを増した。

「龍、無理するな」

「無理なんか、してない」

龍が洗い袋で太ももの間《あわい》をぬるぬるとこすってくるものだから、もうたまらない。千羽は彼の上衣に頭頂をすりつけて悶えた。これ以上、我慢できない。

千羽は腰がびくつかせて、「あ……も……だめ……ちょうだ……」と、龍を見上げた。

「千羽は……だから反則なんだよ！」

龍が袋を放り、自身の衣裳を一気にぬぐい去った。千羽の顎を取って彼のほうを向かせ、深くくちづけてくる。そうしながら、親指で蜜芽を弾いた。千羽が、びくんと背を反らせて唇が外れる。

龍が千羽を抱き上げ、湯船の中に下ろすやいなや勃ち上がった剛直で下から突き上げてきた。

「あっああ！」

千羽は欲しかったものをようやく手に入れ、臀部を彼の大腿にすりつける。

「く……そんなに……」

龍がうめくように言うと、まとわりつく襞を引き剥《は》がすように千羽を引き上げた。半ばまで熱棒が引きずり出されたところで、後ろに少し倒れて千羽を自身の胸にもたせかける。

「千羽、見るんだ」

千羽がはぁはぁと肩で息をしながら下を向くと、燭台の炎に照らされ、龍の剛直がまるで千羽の脚の付け根から生えているかのように見える。その生々しさに千羽は思わず目を逸《そ》らせた。

「どうして見ないんだ？　俺たちがせっかく繋がっているっていうのに」

「だって……恥ずかしい」

それなのに、一層彼を強く締めつけてしまう。

「へえ、恥ずかしくなると感じるんだな？」

――祥賢のこと、絶対、根に持ってる……。

「そんなこと……今日の龍は意地が……悪……い……はぁ」

「意地が悪いと思うってことは、もっと早くこうしてほしかったということだよな？」

龍が不遜にそう言うと、乳首をきゅっと摘まんで引っ張る。

「ぁ……あっ」

「満足させてやる」

龍が腰をつかんでゆっくり持ち上げた。亀頭が引っかかっているだけの状態まで掲げると、ずんっと力強く落としてくる。

「あっ……龍……そんな急……ぁあ！」

龍が何度も腰を押し上げてきて、そのたびに千羽は湯の中で浮いた。湯面が波打つ。

千羽は、彼のがっしりとした体躯を皮膚で、硬い張りを内なる襞で直に感じ、湯が跳ねる音で頭をいっぱいにしていた。

「千羽、世界中の男からおまえを隠してしまえたら……どれだけ……いいか……くっ」

湯の中で、ふたりは同時に達する。

千羽は気づくと、寝台に裸で横たわっていた。躰を触ると濡れていない。

「龍？」

横を向くと龍が横寝で肘を突いてこちらを見ていた。

「躰、ふいてくれたんだな。ありがとう」

【千羽、風呂で達したあと、ぐったりしていたぞ】

【どうして豊麗語を？　南方訛りじゃない豊麗語も上手《うま》いんだな】

【今日は豊麗に戻ったような気にさせてやろうと思って】

——今日はあの手この手で祥賢と張り合ってくるな。

千羽が少し可笑《おか》しく感じたところで、龍が千羽を抱きしめてごろんと仰向けになった。千羽は龍にしなだれかかる形になる。

【龍が豊麗語を話すと、船上のときのような気持ちになれる】

【千羽と四六時中いっしょに過ごせて……楽しかった】

【あのあと、私はふられたと思ったぞ！】

千羽は冗談めかして龍の胸板を拳でたたいたが半分本気だ。あのときは本当に辛かった。初めて好きになった男に純潔を捧げたというのに、あっけなくふられ、挙句に見も知らぬ皇帝に嫁ぐことになったのだから。

【千羽……すまなかった。だが、俺も千羽と離れて、どれだけ辛かったことか……】

龍は自分は仰向け寝のままで、千羽の両脇を支えて掲げ、彼女の身を起こす。そのまま、自身の躰の位置だけを下げた。千羽は、龍の首もとを跨ぐような体勢になる。

【え？　龍……何を……？】

【何をって、千羽が悦ぶことだ】

龍が顔を上向ける。秘所にやわらかなものが触れた。

【あっ】

花弁の狭間に舌が割り入り、ぴちゃぴちゃと舐め上げてくる。

【あ……やめ……こんなの……おかしい】

【その割には、どんどん蜜があふれてきているぞ】

【だって……気持ちぃぃ……ぁ、ふぁ】

彼の顔の左右に膝を突いているというのに脚から力が抜けていって、このままでは龍の顔に腰を下ろしてしまいそうだ。

千羽が必死で躰を支えているというのに、龍がこんな呑気なことを言ってくる。

【このやり方だと、いつもより眺めがいいな】

熱い息が濡れた秘所にかかって千羽は背を反らせ、ぶるりと震えた。その瞬間、乳房に手が伸びてきて、すくい上げるように揉みしだかれる。

千羽は両脚をわななかせた。

【だめ……龍……このままだと、倒れて……】

龍が片手を胸から外して腰をつかんで千羽を仰向けに倒した。その間も秘所にくちづけたままだから、たまらない。じゅっと秘裂を強く吸われて、千羽が涙目で龍に視線を向けると、龍が舌なめずりしていた。その表情がなまめかしくて千羽はもう、はあはあと荒い吐息で快感を逃すことしかできない。

【さっき与えてやったばかりなのに、もう欲しそうな顔をしている】

龍が太ももをつかんで左右に広げ、その間に脚を割り込ませてくる。尖った乳首を転がされ、千羽は嬌声が止まらなくなる。

【すぐに与えるが、その前に……】

龍は骨ばった長い指をつるりと蜜道に差し入れると、なんの迷いもなく、ある一点を突いてきた。

【あ、だめ……そこ】

そこをぐりぐりとされると千羽は気が遠くなりそうになるのだ。

【……龍……もう……無理ぃ……あっぁあ！】

【わかった。今すぐやろう】

指が外れるとすぐに、欲しかった熱塊が千羽の腹の奥を満たす。

【もう……お腹……いっぱい……】

【そんなことばかり言うから……俺は止まらなくなるんだ】

龍が上体を前に倒して千羽の背後に手を差し込み、肩を抱くように躰を密着させてきた。乳房の尖端が龍の胸板に触れて、千羽は【ふ……くぅん】と、甘い声を漏らす。

【ああ、もっと聞かせてくれ】

奥まで埋め尽くしたまま龍は退《ひ》かずに、さらなる奥を目指すかのように、ぐっぐぐっと腰を押しつけてくる。

【あっ、ぁあ】

千羽はもっと密に重なりたくて、彼の背の上で両脚を交差させる。

【千羽、そうやって俺を離すな……ずっとだ……！】

【龍！】

どくんと自身の中で精があふれた。それがまた大きな快楽のうねりとなって千羽を襲う。とてつもない愉悦の中、千羽は意識を遠のかせた。


翌朝、青龍殿の広間で、千羽は豊麗人二十四人と龍と朝食をとっていた。昨日とは違い、龍は冕冠をかぶらず、くだけた服装だ。

一流の料理人が調理した陽の料理がずらりと並び、皆、これは初めての味だとか、この食感がたまらないなどと言っては、おいしそうに食べている。

千羽は幸せな気持ちになって隣の龍を見上げる。

「龍、ありがとう」

「いや、当然のことだ」

朝の爽やかな光の中で龍に微笑まれ、千羽はうっとりしてしまう。どうしてこんなに美しくたくましい皇帝が千羽をこんなにも愛してくれているのか不思議でならない。

顔が赤くなったような気がして、千羽は顔を豊麗人たちのほうに戻す。そのとき、遠くの席に着く祥賢と目が合った。だが、昨日のように片目を瞑って挨拶するどころか、慌てて下を向いた。急に取り皿の存在に気づいたようで、思い出したように箸を手に取って近くの大皿に伸ばしている。

祥賢に昨日のような覇気が全く感じられなかった。

――もしかして、もう故郷が懐かしくなっているとか？

これが勘違いだということに、千羽はそのあとすぐに気づくことになる。

それは千羽が龍とともに青龍殿と昇陽殿を結ぶ扉まで見送りに出たときのことだ。これからは、ひと月に一回、みんなで集まろうと約束したというのに、祥賢が気落ちしたままなのが気になり、千羽は彼に近づく。

【祥賢、昨日の元気はどこにいった？　大丈夫か？】

【だ……大丈夫も何も】

それだけ言って祥賢が視線を逸らす。いつも人の目をまっすぐ見て話す彼らしくない。

【やっぱり様子がおかしい。なんでも言ってくれ。相談に乗るから】

祥賢がほかの者に聞こえないよう、千羽の耳もとに口を近づけ、小声でこう言ってくる。

【昨晩、寝ようと思ったら、声が聴こえてきて……】

【声？　誰の？】

【千羽と……陛下】

千羽はその瞬間、ぎょっとして、少し離れたところに立つ龍に視線を向けた。龍が険しい表情でこちらを見ていることに気づいたが、それどころではない。

【陛下、豊麗語が堪能なんだな】

――最悪！

それがわかるくらいなら、千羽の喘ぎ声も聞こえていたはずだ。こんな立派な建物で壁が薄いなんてこと、ありえるだろうか。

【聞くつもりはなかったんだけど、聞こえてきたものだから……すまない。俺、いやいや結婚した千羽を救い出さないとって昨日まで思っていたんだけど、あんなに仲がいいなんて……いや、千羽にとって幸せな結婚だったなら祝福しないといけないいんだけど……今、喜べないというか、受け入れられない自分がいるんだ】

あまりなことに千羽は口を覆った。

いっそ聞いていないふりをしてくれたほうがよかった。

――そういえば、豊麗で私が失踪したときも！

祥賢は千羽がいなくなったのは、自分が告白したせいだと女王に申し出ていた。彼は正直な人間だ。

千羽が呆然としていると、龍が千羽の横に来て彼女の肩を抱き寄せる。

「では、豊麗の皆さん、お元気で」

龍が豊麗人たちに向かってそう言い、笑顔を作った。

「皇帝陛下、妃殿下、このたびは破格のご歓待をくださり、ありがとうございました」

使節団長の女性官吏が腰を折ると、豊麗人たちが一斉にそれに倣《なら》う。祥賢だけ一息遅れて慌ててお辞儀をした。

豊麗人たちは千羽の前を通り過ぎるときに感謝の言葉を伝えてきたのだが、千羽は形ばかりの笑みを作るので精一杯で頭に入ってこなかった。

頭の中を渦巻くのはこんな疑惑だ。

――龍は、わざと祥賢に聞かせたんじゃないか。

そうしたら、豊麗の使節団だけでなく留学生たちも青龍殿に泊めたことも、寝室で龍が豊麗語を使ったことも全て腑《ふ》に落ちる。

豊麗人たちが去り、扉が閉められた。

「朝議まで時間がある。少し話せるか」

龍が不機嫌に告げてきた。祥賢と親しげに話していたとかそういうことで腹を立てているのだろう。

だが、そんなことは最早《もはや》どうでもいい。千羽に後ろ暗いところなど何ひとつないのだから。

千羽は、はらわたが煮えくり返るような気持ちだった。

「私も……話したいことがある」

千羽は自分の部屋に龍を連れて行く。寝室の声は別室に漏れることがわかったからだ。自室に入ると、龍の着物の襟をつかんだ。

「寝台の声が祥賢の泊まった部屋に漏れるとはどういうことだ⁉」

龍が白けたように瞼を半ば閉じた。

「もし、聞こえたとしても、本人に言うか。無粋な男だな」

「おまえ、やっぱりわざと聞かせたんだな！」

怒りのあまり、着物をつかむ千羽の手は震えていた。

だが、龍は慌てるどころか、不遜な表情でこう言ってのける。

「これでもう、あの男は千羽にちょっかいを出せなくなるだろう」

千羽は龍の胸板をどんっと突いて、躰を離した。

「おまえ、何をやったかわかっているのか⁉」

「そういう千羽こそ……何が波の音だ！　あの男にもらったものじゃないか！」

そう語気を強めると、龍は寝台脇の棚上に飾られている大きな巻貝を手で払う。床は大理石でできていて、巻貝が派手な音を立てて割れた。

「あっ」

千羽はくずおれるように座り込んだ。貝の欠片《かけら》を拾う。

「定期船の運航が決まったから、もっと大きくてきれいな貝をたくさん持ってこさせる」

龍の放言が頭上から振ってきた。

拾った欠片に滴が落ちる。涙がぽたり、ぽたりと落ちていく。

――この貝だけが……私とあの海を繋いでくれていたのに……。

「そんなに、あの男がいいのか！」

罵声を浴びせられ、千羽はすっくと立ち上がる。

「龍……それほどまでに私が信用できないのか。私が祥賢ではなく龍を選んだことはおまえが一番知っているはずだ」

千羽が押し殺した声で告げると、龍は振り上げた拳の行先を見失ったようで、気の抜けた声でこう答えた。

「……ああ？　俺が初めてだった」

「俺のものになれと言った祥賢を振り切ったあと、砂浜で龍と出逢った。船上で龍は、俺はおまえのものだと言ってくれた。うれしかった」

「え？」

「だから、皇帝が龍でよかったと思った」

「千羽……？」

龍の表情から怒りが消え、千羽の手を取ろうとしてきた。だが、千羽はその手を振り払う。

「それなのに、おまえは！　おまえは……おまえと私だけの大切な時間を見世物にした！」

千羽の瞳から涙が飛び散った。


そのとき、龍の目を曇らせていた嫉妬の霧が急に晴れた。

千羽はこういう娘だ。そっけない態度をとるくせに、心の奥は温かい。

――それを、いつも俺は『煽る』なんて軽い言葉で茶化していた。

「千羽……すまなかった。嫉妬に狂っていたとしか思えない。もう二度と、こんな愚かなまねはしない」

龍は千羽にくちづけようと一歩前に出て彼女の腰に手を伸ばそうとしたが、千羽が後ろに跳ねた。頭上からかんざしを抜き、自身の耳朶の下に突きつける。

「それ以上、近寄るな。でないと、自分で自分を刺す」

――おまえを守る。

そう言ってくれた千羽はもう龍を殺せない。だから自分を刺すしかないのだ。

自分を愛してくれている人を信じなかったのは龍である。

龍は呆然と立ち尽くしていたが、千羽が微動だにしないので、ようやく口を開けた。

「どうしたら、赦してくれる？」

「絶対におまえを赦さない。だが、留学生たちのために私は宮城に留まる。ただ、青龍殿ではもう暮らせない。最初に入った殿舎に戻る」

「後宮は……危険だ」

「危険だとしたら、皇帝に特別扱いされていたからだ。皇帝と仲違《なかたが》いした私なんて誰も狙ったりしない」

仲違いという言葉が龍の心を刺した。

「わかった。牡丹に伝えておく。千羽の怒りはもっともだ。赦してもらえるためならなんでもする。早く青龍殿《ここ》に戻ってきてくれ」

皇帝が赦しを請うたというのに、千羽は彼に背を向けて無言で荷物をまとめ始めた。

龍はその足で、祥賢が泊まっていた部屋へと向かう。ここは宦官が閨の記録を取るための部屋で、音を取るための細長い通風孔が足元に空いている。千羽が来陽する直前から昨日までの間、龍自ら孔《あな》を塞いでいた。それを、昨晩、千羽が風呂で達して寝台でのぼせている間に、再び開けたのだ。

龍がその部屋に入ると先客がいた。牡丹だ。龍を認めるなり、困ったように眉を下げた。

「龍兄。祥賢をこちらに泊められたと聞き、気になってここに来たところ……偶然、今の会話を耳にしてしまいました。さすがに千羽様の部屋ともなると、声が大きいところしか拾えませんでしたけどね」

通風孔の前には四つ脚の花瓶置きがあり、布がかかっているため、立っているとその孔は見えない。

龍は牡丹に近づき耳打ちした。通風孔が空いている以上、こちらの会話が千羽に聞こえかねないからだ。

「それなら、おまえに伝える手間が省けたな。千羽を後宮に戻す手筈《てはず》を整えてくれ。だが、皇帝の間《ま》の千羽の部屋はできるだけそのままにしておくんだ。荷物は千羽自身が移すものだけにして、最小限に留めるように」

――我ながら、未練がましいことを言っている。

「この通風孔は、どうなさいます？」

「二度と開かないよう、完全に塞いでくれ」

「わかりました。すぐに手配しましょう」

「牡丹……うれしいか？　これで千羽は特別扱いではなく、ただの妃になる」

牡丹が無表情でじっと見つめてきた。

「私が千羽様を警戒していたのは、彼女が龍兄を殺そうと思えば殺せる腕を持っていて、さらには龍兄を利用して自国に利益をもたらそうとしているように見えたからです。ですが……今の会話を聞いて、千羽様は間諜《スパイ》にも刺客にもなりきれない、ただの姫だと思いました。少なくとも自分の配下には置きません」

「それは……なぜだ？」

千羽ほどの能力があれば、一流の間諜《スパイ》になれそうなものだ。

「千羽様は感情のままに動いています。龍兄が謝っているのだから、それを手札にして自国に有利になるよう取引すればいいものを……。一時の激情で権力者と対立しても、不利益をこうむるだけです」

「なるほど。さすが牡丹だ」

――千羽、おまえにになら俺は喜んで利用されてやったものを。

龍は笑ってみせようと口角を上げたつもりだが、うまくいったかどうかはわからなかった。

第六章　後宮の妃たち

千羽が青龍殿の自室で大きな櫃《ひつ》に荷物を詰めていると、牡丹が現れた。

「後宮にお戻りになるそうですね？」

ずっとそれを望んでいただろう牡丹が、つまらなさそうな顔をしている。

「つまり、牡丹の主《あるじ》がそう決めたということだな？」

「私の主にそう決めさせたのは千羽様でしょう？」

「そうかもな。牡丹、私のか細い腕では、この重くて大きい櫃を運べそうにないから、荷物を運んでくれる宦官を寄越してくれないか」

そう言いながら櫃に蓋をしていると、カッカッと大理石を蹴る音が近づいてきた。

「私はこう見えて力持ちなんです」

牡丹が櫃を軽々と持ち上げた。雑務をしないようなことを言っていたので意外だ。大きさも重さも小さな子ほどあるので、確かに力持ちである。つい美貌に目が行ってしまうが、よく見るとがっしりした体つきをしている。

「おまえ……今度、私の剣の相手をしてくれないか」

千羽が訊いているというのに、牡丹が背を向けて歩き出す。

「全く、男と見れば、そうやってすぐ剣の相手にしたがる。後宮は武器持ち込み禁止ですから、この櫃は点検してから殿舎に届けることになりますよ」

憎まれ口は相変わらずだ。

千羽は後宮に入ると、自身の殿舎の二階に上って寝台に目をやる。そういえば入宮した日、短刀を隠したり、こっそり取り出したりと、処女のふりをする準備でてんてこまいだった。

思い出して、千羽はふっと小さく笑った。全く可笑《おか》しい。皇帝は龍だったのに。

――そういえばあの小刀、どうなったんだ？

さすがにないだろうとは思いつつも、千羽は寝台の、敷布団と囲いの間に手を突っ込む。指先に固いものが当たった。

――まさか？

千羽は勢いよく引っ張り出した。

それはまぎれもなく、千羽が豊麗から持ってきた小刀だった。鞘も柄も木製の小さな刀が千羽の掌中《しょうちゅう》に収まっている。この部屋はあのころのままだ。あれからもう五ヶ月経ったが、昨日のことのように思い出される。それなのに、遥か遠い昔のことのようにも感じられる。

――あれ？

変だ。頬に涙が伝っている。千羽から一方的に別れを告げたのに、おかしい。顎から滴がしたたり落ちた。嗚咽が漏れそうになって千羽は口を覆う。

そのとき、階段を上る音が聞こえてきて、千羽は慌てて袖で涙をふく。宮女の衣服は袖が手ぬぐいのように長くて便利だ。

現れたのは牡丹だった。

「しゅ、淑女の寝室に急に現れるなんて失礼だろう？」

千羽が慌ててそう言うと、牡丹が「淑女？」と、半笑いになったあと、「私は男ではないので、入っても問題ありません」と、きっぱり告げて階下に顔を向ける。

するとすぐに「千羽様」という声が聞こえて、侍女の紅梅と静が顔を出した。

「今日からここに住むから、よろしく頼む」

「はい。これからもお願いいたします。まずはお掃除して布団を変えますね」

——小刀を取り出しておいてよかった。

「ありがとう。助かるよ」

そのとき宦官がふたりがかりで、さっき牡丹に渡した大きな櫃を運びこんでくる。牡丹がそれを一瞥した。

「刀剣類は入っていなかったので、何も没収しておりません」

「そうか」

「木刀を振り回したくなったら、お相手しますよ」

意外な言葉だった。

「それは木刀を貸してくれるということか？　ありがたい」

そう答えつつも、千羽は、牡丹の言《げん》に棘《とげ》がなくなったことに違和感を覚える。

——私が後宮に入ったから、それで満足したってこと？

夜になると、当たり前だが、ひとりで食事をとり、ひとりで寝台に入った。

目を瞑ると浮かぶのは、うなされたあと千羽の胸に頬寄せた龍の苦しげな表情と、しがみつくように抱きしめてきた力強い手だ。

――龍、守れなくてごめんな。

そんな申し訳ないような気持ちが湧きあがってきたが、千羽はすぐに打ち消した。

あんなに愛しいと思った龍だが、あれは錯覚だ。『俺はおまえのものだ』なんて言っておいて、千羽を信じず、嫉妬した挙句に彼がとった行動はひどいものだった。

あの夜の豊麗語の会話は宝物のように感じられた。それが祥賢に聞かせるべく龍が誘導して生まれた会話だったことが、千羽は口惜しくてならない。

しかも龍は、千羽の恥ずかしい声も含めてふたりだけの会話を、女王の臣下である祥賢に聞かせたのだ。

そのうえ、逆上して巻貝を割った。もう海の音が聞けなくなってしまったではないか。

――あんな男のことは忘れるんだ！

そうは思うものの、彼の大きな躰に包まれて眠るのが当たり前になっていたので、ひとり寝となると、身も心も寂しくて凍えそうだ。なかなか眠りに就けなかった。

朝方になってようやくうとうとして、明るくなってから千羽は侍女の静に起こされた。

「もう朝食のお時間ですわ」

「そうか……」

朝食もひとりだ。しかもそれが毎日、龍か自分が死ぬまで続く。そう思うとぞっとした。いや、それだけならいいが、いずれ龍が、どこからか気に入った女性を連れてきて、青龍殿のあの部屋で家族のように暮らして、皇子が生まれ――。

「千羽様、いかがなさいました？　今、白目になっていましたよ？　侍医を呼びましょうか？」

――いけない。

「あ、いや、枕が変わったものだから、昨晩よく眠れなくて」

「確かに、まだこちらには慣れませんものね？」

「まあ、すぐに慣れるだろう」

気分を変えようと、朝食後、豊麗から持参した着物を身につける。左右の襟を合わせて腰に帯を巻く衣裳だ。このほうが動きやすい。もともと宮女の恰好は胸が苦しいわ、長い裳《スカート》が脚にまとわりついて動きにくいわで気に入らなかった。

豊麗の着物を着たことで気持ちを切り替えられたので、千羽は、ほかの妃のもとへ挨拶に行くことにする。

――緑豆糕《リュードウガオ》を作って、それを口実に訪問しよう。

千羽は櫃の中から緑豆を取り出して厨房に行くと、盥《たらい》に水を張って緑豆を浸した。

お昼前には、型から外すところまできて、料理担当の女官と侍女ふたりに型から取り出す作業を手伝ってもらう。お礼に緑豆糕を渡すと、おいしい、おいしいと食べてくれた。

料理を作って、おいしいと言ってもらえる。これがこんなにも幸せなことだとわかったのは最近のことだ。豊麗にいるときは料理をしたことすらなかった。

――もし、後宮から出られたら、料理人になるのもいいな。

そんなことを思いながら、特に見かけのきれいな緑豆糕を選んで小箱に詰めた。午後、一番近い殿舎に住む、柳《リュウ》国の元王女、佳恵《ジアフイ》を訪ねる。千羽の住まいと全く同じ造りの殿舎の門前で声を張り上げた。

「ご無沙汰しております。千羽です。隣の殿舎に移ったので佳恵様にご挨拶に参りました」

侍女が慌てて飛び出してきた。

「千羽様、おひとりで？　侍女はどうなさいました？」

さっき侍女ふたりに、ひとりで行くと告げたら、彼女たちが付き添いをすると食い下がってきたのはそういうことか。どうも妃はひとりで行動しないしきたりのようだ。

——次回は侍女を付けるとしよう。

千羽は一階の客間に案内され、しばらく待たされた。現れた佳恵は化粧を念入りにほどこし、じゃらじゃらと飾りが垂れるかんざしを頭髪に挿し、装身具で着飾って現れた。

対する千羽はすっぴんで、豊麗から持ってきた着物姿である。

——なるほど。ほかの妃と会うには、こういう準備がいるわけか。

千羽は椅子から立ち上がって小箱を差し出す。

「緑豆糕を作ったので、もしよろしかったら、いっしょにいかがかと思いまして」

「まあ、ご自分でお作りになられるなんて、すばらしいですわ。ぜひ、いただきとう存じます」

佳恵が小箱をかたわらの侍女に渡すと、卓を挟んで千羽と向かい合う形で優雅に腰を下ろした。

やがて、侍女が皿に盛った緑豆糕とお茶を持ってきて、千羽は佳恵とふたりきりになる。

「昨日から後宮で暮らし始めたので、ご挨拶にと思いまして」

「入宮されたのは確か春、半年ほど前でしたわね。ずっと青龍殿にお住まいでしたのに、どうしてこちらに戻られたのです？」

いきなり本題に入られた。世間話で終わると思っていたので千羽は内心慌てつつも、どう答えるのが正解なのかを考える。

龍が許せないことをしたので怒って出てきたといえば、高慢に聞こえるだろう。

「そうですね……飽きられたのかもしれません」

口を衝いた言葉に千羽自身が驚いた。だが、これはそう間違ってもいない。

龍は欲しいものを必ず手に入れる男だ。だから、大陸全ての国を自分のものにした。その彼が、すんなり千羽を後宮に出したということは――そういうことだ。

半年前、龍がこの宮城で、千羽が豊麗からやって来るのを待ちわびていたときは千羽を手に入れたくて仕方なかったかもしれないが、あれからもう半年経った。龍はそのうち新しい女を連れ込むだろう。

自身が過ごした青龍殿を頭に浮かべ、そこに自分ではない女性《にょしょう》がいるのを想像しただけで、千羽は胸が張り裂けそうになる。

――そうなったら……後宮から出してもらえるかな。

いや、どうしても出たい。絶対に出る。

だが、目の前で同情的な瞳を向けてくる佳恵は、千羽が青龍殿で皇帝から寵愛《ちょうあい》を受けている間もここにいたのだ。

そのとき、赤子の泣き声が隣室から聞こえてくる。

「私、外しましょうか」

「いえ、その必要ありませんわ。ここに呼びます」

佳恵が呼び鈴を鳴らし、扉のほうに向かって「小莉《シャオリー》を連れてきて」と呼びかけた。

すると扉が開き、赤子を抱っこした侍女が現れる。佳恵が椅子から腰を上げ、赤子を抱きとった。

──龍の……娘！

千羽は思わず立ち上がって、赤子の顔をのぞき込む。

まだ一歳で、女児だからなのか龍と全然似ていない。だが、瞳がくりくりして愛らしかった。こんな子がいれば、たとえ龍の訪問がなくても寂しくなかっただろう。

「なんてかわいい。生まれたとき、皇帝陛下はさぞや喜んだことでしょう」

佳恵が皮肉な笑みを浮かべた。

「いいえ。子ができても、全然お出《い》でになりませんでしたわ」

──どうしたら、そこまで冷淡になれるんだ？

しかもこの間、後宮から戻ったあと、うなされていた。そこに龍の闇を感じる。

「……私の国は女系継承だから、女の子が世継ぎになるんです。でも、男児が生まれたって親はとても喜びますよ？」

すると、佳恵が困ったように笑った。

「この娘《こ》が皇太子になれれば、私も親孝行できたのですが……」

──親孝行⁉

佳恵の言ったことは目から鱗《うろこ》だった。千羽が豊麗で考えたようなことは皆、考えることなのだ。皇帝の子を産めば、自身の子が皇帝になったとき母親が権力を握れる。彼女たちは大陸の人間だから母国に帰国したいなんていうちっぽけな望みではなく、大陸全土を支配するところまで見据えているのかもしれないが――。

では、なぜ千羽は子を孕んでもいないのに、皇太子を産めるような環境から飛び出してきてしまったのか。

千羽は思わず、手で口を覆った。

――龍に惚れてしまったからだ！

皇帝に輿入《こしい》れする前に、龍に惚れたことは世継ぎとして失敗だった。そして今、皇帝に惚れたせいでみすみす大帝国を乗っとる機会を棒に振ろうとしている。

千羽は龍が好きだから、龍に騙されたのが我慢ならないのだ。

皇帝を愛したことが、世継ぎとして大きく足を踏み外すことになっている。

――私はいつも龍《おとこ》で失敗しすぎだ。

それからは、佳恵から子育てや故郷のことを聞いて終わった。

皇帝と仲違いをしたと知れたら、誰も千羽を狙ったりしないと啖呵《たんか》を切って出ていったが、実際、その通りだ。皇帝から見捨てられ、孕んでもいない千羽など意地悪する価値もない。

翌日は青龍殿に最も近い殿舎にいる、景《ジン》国の元王女、秀環《シウホワン》のところに、侍女の静とともに訪ねる。お茶の時間はお互いの侍女を外してふたりきりで話した。

秀環はとても美しい女性で、憂いを秘めた大きな瞳にじっと見つめられると、千羽でさえもどきっとしてしまうぐらいだ。ここでも佳恵と同じようなことを訊かれる。どうして後宮に戻ったのかと。千羽は、同じように、飽きられたと答えた。

するると、秀環の口が弧を描く。だが、その瞳は現実を映していないように見えた。

「まあ、いい気味。では、今度こそ皇帝陛下は私のところをお訪ねになってくださるわ」

秀環が千羽の目を見ずに、ぼそりとつぶやくように言ったものだから、千羽は何か狂気めいたものを感じ、ぞくっと身を震わす。

——それほどまでに傷つき、追い詰められたということか。

「秀環様だって、好きで陽の宮城に連れてこられたわけではないでしょう？　それなのに、皇帝陛下に訪問してほしいと思われるのですか？」

すると、秀環が目を見開く。ただでさえ大きな目がさらに大きくなった。千羽をのぞき込むように見てくる。千羽と目を合わせたのはこれが初めてかもしれない。

「ここに来る前、故郷を離れるときはとてもいやだったわ。でも、陛下は信じられないくらい美しく雄々しく、低く落ち着いた声もすてきで、短い時間でもたまにお会いできるだけで幸せだった」

少女のように微笑めば、美しい顔がとても愛らしくなった。

——この人、本当にきれい。

だが次の瞬間、一変した。憎しみに燃えるような瞳を向けてくる。整った顔立ちなだけに怖さが際立つ。

「なのに、あなたが来て！」

だんっと拳で卓をたたき、声を荒げた。さっきまで蚊が泣くような声だったのに、こんなにも大きな声を出せるのかと、千羽は呆気に取られる。

「あなたが飽きられたなら、今度こそ私のほうにいらっしゃるわ。だって、私、こんなに美しいんですもの」

「そう……そうですわね」

この憐《あわ》れな妃の心を救うためにも龍はここに来るべきだと、千羽は思った。

――疲れた……。

妃ふたりを訪問しただけで千羽は異様に疲れてしまった。その晩、月のものまで来て、四日ほど寝込んでしまう。

――また妊娠しなかったんだな。

今までは月のものが来ると、まだ妊娠していなくてよかったと思ったのに、急に妊娠しないことが気になり始める。

千羽が寝込んだことなど初めてなので、侍女たちから、ほかの妃に意地悪されたのではと心配されてしまった。だが本当のところ、今の千羽は同情の対象になっても嫉妬する価値もない。それを思い知ったところだ。

翌週、気を取り直して再び緑豆糕を作った。

残る妃は、大国、賀国《ホー》出身の美媛《メイユエン》と、雲国《ユン》出身の淑華《シュウホワ》だ。

――美媛はリーダー格だから、後回しにしよう。

そんな思いが浮かんでから、いつからこんな臆病な人間になったのかと、千羽は自分でも首をひねる。後宮という檻《おり》には人を委縮させる何かがあるような気がしてならない。

千羽は静を連れて淑華の殿舎を訪問する。

ここでも一階の客間に通され、淑華とふたりきりになって向かい合う。淑華は理知的な美人で、淡々と話す落ち着いた女性だったので、千羽は胸を撫でおろした。この人となら親しくなれるかもしれない。

淑華は世間話が終わると、いきなり核心に斬りこんできた。

「千羽様は、皇帝陛下と子作りをなさったんですよね？」

「え？　ええ」

意図をとらえかねていると、淑華がまじまじと見つめてくる。

「内緒にしてほしいのですが、皇帝陛下は指一本、私に触れようとしませんでした」

——こんな美人を前に？

「そ、そうですか」

「ほかのお妃のところにもごく短時間しか滞在なさらなかったから、私、皆、同じ扱いではないかと睨んでいましたの。ですから一年前、佳恵に子が産まれて心底、驚きましたわ。妊娠したと思われる月を調べたら、ごく短時間、一回訪れただけでしたので」

——もしかして、皇帝の訪問を記録してる？

つまり、佳恵は四半刻で妊娠したということだ。

「でも、千羽様は違いますわ。ずっと陛下といっしょに過ごされたのでしょう？　皇子を生むのは身体能力の高い千羽様だと陛下がこだわられていると聞きました。千羽様が青龍殿を出られたということは、千羽様に子を宿す力がないと判断されたということでしょうか？」

千羽は愕然《がくぜん》とした。確かにおかしい。一回の訪問で妊娠した妃がいるというのに、五ヶ月、毎日のように子種を注がれて、なぜ妊娠していないのか。始めこそ龍は皇子を産ませると口にしていたが、だんだん口実みたいになっていって、心と躰が繋がることに歓《よろこ》びを見出しているように思えていた。

とはいえ、皇帝としては皇子がいないというのは由々《ゆゆ》しき事態だ。王位が男系継承される国に必ず、後宮という機関がもうけられるのは、つまり、そういうことだ。

「……私はもしかしたら……子を宿せないのかもしれません。でも、それでも、後宮《ここ》に一生いないといけないものでしょうか」

「それはそうですわよ。私たちはただの妻ではありませんもの。出身国との和解の証《あかし》ですわ」

「そう……ですね」

そこからどうやって自分の殿舎に戻ったのか、千羽には記憶がない。再び寝込んでしまった。

――知恵熱みたいなものかもな。

千羽は、後宮《ここ》に来るまで子どもだった。龍はもしかしたら、そういう千羽を気に入っていて、あえて後宮に出さなかったのかもしれない。だが、いつまでも子どもではいられない。見たくないものを見ないまま一生を送っても後悔するだけだ。

――妃はあとひとり！　リーダー格の美媛だ。

いつもと同じ手順で千羽は客間で美媛と卓に着いた。客間の造りは千羽含めほかの妃たちと同じなのだが、見事な山水画が描かれた屏風《びょうぶ》や、所狭しと飾られた黄金や翡翠の置き物のせいか、到底同じには見えない。美媛自身、髪飾りも首飾りも黄金がふんだんに使われていてまぶしいぐらいだ。こうして同じ卓に着いていると、千羽は妃どころか下女のようである。

実際、美媛にはそう見えるのだろう。蔑《さげす》むような眼差しを向けられた。

緑豆糕の入った小箱を差し出しても、卓の上に置いたままだ。千羽が去ったあとに捨てられるのか、侍女に下げ与えるのか。

しかも開口一番、千羽にこんなことを言ってくる。

「陛下に飽きられたそうですわね。それにしても、もう少し妃らしい恰好をなさってはいかがでしょう？」

ほかの妃から、もう耳に入っているようだ。だが、千羽は全く傷つかなかった。奇妙なことに、こんな意地悪な言葉がやっと聞けたことに安堵する始末だ。

「私は、動きやすい恰好が好きなのです」

「そう。剣が得意だそうですものね。あなたのお国、鉄鉱石なんかなまじ採れるものだから、こんな場違いなところに連れてこられて大変でしたわね」

——どういうことだ？

「鉄鉱石の件はありがたく思っているのです。今、豊麗から来た留学生たちは採掘の技法を学ぶ機会を与えてもらっています」

「豊麗は独立国家のままと聞いていたけれど、それでは属国以下ですわ。だって、豊麗の売りは鉄鉱石ぐらいでしょう？　その採掘法を現地人に教えて採掘させ、それを独占しようなんて」

千羽は急激に気分が悪くなった。自分が馬鹿にされても平気だが、豊麗が馬鹿にされるのは我慢ならない。

「いえ、本当に属国なら、採掘法など教えずに、陽人の専門家を派遣して労働者を募れば早く済むことです。そうせずに技術を豊麗人に伝授しようとしてくれています」

「確かに、陛下にしてはまどろっこしいやり方をされていますわね。直属の軍を強化するには、鉄鉱石は一刻も早く手に入れたいものでしょうに」

千羽はようやく腑《ふ》に落ちた。龍の人となりを知らなかったときは、全ての国を我が物にしたいという独占欲から豊麗までやって来たのかと思っていたが、戦争の抑止力になる鉄鉱石を手に入れるためだと聞けば、龍らしいと思える。

青龍殿で近くにいたときよりも離れたほうが、龍が立体的に見えてくるなんて変な話だ。


そのころ、龍は青龍殿の文机の前で牡丹と対峙《たいじ》して、おかんむりだった。

そんな不機嫌を見て見ぬふりをして、牡丹は横長の机の上に一枚、また一枚と、女性の姿絵を置いていく。

「皆、美人でしょう？　ほら、この娘なんて表情がきりっとしていて武術も得意です。龍兄となら、さぞや強いお子が生まれるかと。気に入られた方がいらしたら、すぐ……」

机上の絵を払い落とし、龍は牡丹を睨《ね》めつける。

「おまえ、いい加減にしろ！　俺は種馬か」

牡丹がたじろぎもせず、龍を見据えてきた。

「では、龍兄が築き上げたこの帝国はどうなるのです？　継ぐ皇子がいなければ、いずれ内戦状態になるのは目に見えています。それは龍兄が望んでいることではありませんよね？」

「なら、今度は男の赤子でも拾ってきたらどうだ？」

「女児しか連れてくる気はありません。龍兄に本当にお子が生まれたとき、争いごとになるだけですから」

「……千羽は妊娠していないのか？」

「月のものがあったと、侍女から聞いております」

龍は、ぎゅっと目を瞑った。

「牡丹、俺は早めに降伏した元国王には統治権を与え、その娘を妃にした。人質のようなものだが元国王からしたら、自分の血を汲《く》む皇帝が生まれるかもしれないという希望になった。俺にしても、皇子が必要だから、あのときはいい手だと思った。だから、新たな妃が入宮すれば殿舎を訪問した。わかったことは、俺は種馬にはなれないということだ。どの妃に会っても、そんな気分には到底なれなかった」

「それでしたら、龍兄好みの女性を選《え》りすぐりましょう」

龍はゆっくりと目を開けた。目の前の牡丹は説得しようと必死な様子だ。

「俺は好きな女しか抱きたくないし、抱けない。後宮制度を廃止する」

「つまり……それは……千羽様しかいらっしゃらない後宮にしたいと？」

「そうだ」

「妃たちを抱けないのなら、人質として残しておけばよろしいではありませんか」

龍はやけっぱちな気持ちで、ハッと笑った。

「本当に反乱を起こしたくなったら、男親なんて娘など真っ先に見捨てるだろう。なんの意味もない。ただ、俺は王族ではないから、皇子に王族の血を引いているという箔《はく》をつける必要があると当時は思った」

「……今は、そうではないということですか？」

怪訝《けげん》そうに牡丹が訊いてくる。

「ああ。それは俺自身を否定することでもある。どこぞの国王の血を引いているから皇帝にふさわしい？　では、あまりの暴虐に、皆から憎まれ、俺に斃《たお》された承王が皇帝にふさわしかったとでも？　違うだろう？　この二年半、俺は善政を布《し》いてきて軍事力だって増強している。今の俺に後宮など無用の長物だ。そうだろう、牡丹」

牡丹がもの言いたげな表情になったが、それを全て自分の中に呑み込んだようで「わかりました」とだけ答えた。

「陽王朝は次の局面に入った。ただそれだけのことだ。わかってくれるな？」

「御意」

言うと同時に牡丹が立ち上がって出て行った。この急ぎようからして、牡丹は泣いているかもしれない。

前王朝のときから、牡丹は宦官として後宮に勤めていたが、龍が承軍を制して後宮入りしたとき、彼は喜びのあまりむせび泣いた。ここで生まれる龍の皇子たちに最高の教育を施したいと先のことまで考え、陽王朝の永遠の繁栄を願ってくれた。

龍は、自身を兄と慕う牡丹の夢を叶えてやれなかったということだ。

千羽が陰鬱な気持ちを吹っ切ろうと、自身の殿舎の庭で、木の枝を使って剣の型の練習をしていると、木刀を二本持った牡丹が現れた。

「手合わせして差し上げましょう」

「そうか。助かる。ひとりだとつまらなくて」

千羽は枝を放って、牡丹から木刀を受け取る。

牡丹が無言で木刀を構えた。決してお遊びではない、ものすごい気迫を感じる。

以前『木刀を振り回したくなったら、お相手しますよ』と言ったときの牡丹とは明らかに違う。むしろ、龍が祥賢に挑んだときのような迫力を感じた。

——ならば、こちらも手加減しないまでだ！

千羽は後退《あとずさ》って距離を取った。

「恐れをなしましたか？　逃げたら追い込みますよ」

こんな挑発に乗ってはいけない。

牡丹は龍ほど背が高くないが、それでも女性にしては背の高い千羽が横に並んでも、千羽の頭頂は彼の鼻のあたりしかない。普通に相手をすれば負ける。時間が長くなれば体力が保たないので一撃で勝負を決める必要があった。

なるべく障害物が多いところに誘いこみたくて、千羽はあえて石造りの腰掛けや植え込みの近くを選んだ。

そこで牡丹に向けて木刀を構える。

しばらく離れたまま向き合っていた。こうしていると、音や匂いに妙に過敏になる。どこからともなく漂ってくる金木犀《きんもくせい》の甘い香り。遠くで鳴く鳥の声。木々が風に揺れてさざめく音——。

痺れを切らしたのか、牡丹が刀を構えたまま突進してきた。千羽が動かない以上、こうするしかない。千羽は切っ先と切っ先が触れる寸前で、横の腰掛けに跳んだ。御影石《みかげいし》の台座だ。そこから飛び下り、牡丹の背に木刀を振り下ろす。本気でやると殺しかねないので少し力を抜いた。

不意を突かれ、牡丹がその場に倒れ込んだ。

「これが真剣ならば、おまえはもう死んでいたぞ」

千羽が言うと、牡丹は立ち上がることなく、その場で寝転がった。しかも手と足を広げて大の字になっている。いつも美しく装っている牡丹が砂まみれだ。

牡丹が無言で空を眺めているので、千羽は声をかけた。

「今日のおまえには焦りがあった。平常心のときにまた相手をしてくれ。立ち上がったらどうだ？　いい男が台無しだぞ」

「……私は何を着ていても何をしていても〝いい男〟です。空が青いから、しばらく、このままで」

「そうか。陽人も青い空が好きか」

千羽は牡丹の隣で大の字になった。

「秋空も美しいものだな。故郷より天が高いところにあるような気がする」

牡丹が顔を空に向けたまま横目で見てくる。

「……千羽様、明後日、豊麗人たちとの宴会が予定通り開催されますよ。どうします？」

「どうするって、もちろん参加する予定だ」

――なんのために後宮に留まっているとでも。

「皇帝も参加されますよ？」

「そうか……皇帝が参加してくれるなら、皆、心強く思うことだろう」

まだ豊麗の民が皇帝に見捨てられていないとわかって、千羽は胸を撫でおろす。

「千羽様にとっては母国が一番大事ですものね」

「牡丹にとって皇帝が一番大事なのと同じだ。子どものころからのつきあいなんだろう？　弟みたいなものだって皇帝から聞いたことがある」

「そうですね。私にとって皇帝は兄であり、命の恩人でもあります。私を助けるために薬を盗んでくれたんです。それで大人たちに追われて殴られ、青アザまで作っているのに、縄張り争いだと言って認めないんですよ。路上での生活を生き抜けたのは龍兄のおかげです」

「そうか。龍らしいな。今思えば、初めて会ったときからそうだった。私が寝過ごしたとき『ぐうぐう寝やがって』って悪態をついてたんだけど、私が起きるまで朝食を食べずに待っていてくれたんだ」

なぜか牡丹が、がばっと起き上がった。

「初めて？　それは宮城《ここ》ではありませんね。豊麗ですね？」

「ああ。龍が皇帝とは知らずに船の上で過ごしたことがあるんだ。なんだ、牡丹は知っているのかと思っていたぞ」

「……そういうことか」

全て合点がいったような目で、牡丹に見下ろされた。

「牡丹、最初、私のことを警戒していたよな？」

「今も警戒してますよ。こんな腕の立つ女が龍兄の近くにいたら危険だって」

「牡丹は勘がいい」

すると、牡丹が怪訝そうな表情になる。

「龍兄もそう言ってました」

「首をかき切られかねないと忠告したら、勘がいいって」

「危険だって？」

千羽は笑ってしまう。

「確かに、勘がいい」

すると、牡丹がますます怪訝そうになった。


牡丹が言っていたように、二日後、豊麗の民と皇帝夫妻の交流会は予定通り、青龍殿の庭園で行われた。

千羽は、以前の接見のときと同じ紅色の着物を着て、結い上げた髪に黄金のかんざしを挿してもらう。

侍女の紅梅は「せっかく、久方ぶりに皇帝陛下にお目見えされるのに、豊麗の着物だと豊かな胸を強調できなくてもったいないですわ」と、相変わらずだ。

今回は前のように敷物に座ってではなく、庭園で大きな卓を囲んだ。どうも席を決めたかったらしい。龍と千羽は隣り合わせで、その左右には使節団の団長と副団長。祥賢の席は最も遠いところにあった。

――あんな声を聞かせてしまって恥ずかしいので、遠くなのはありがたい。

龍は終始、皇帝然としていて使節団の活動や留学生たちの生活、勉強内容などについて訊いては、意見を述べていた。

――まずい……かっこいい。

今だって千羽は龍が好きだ。むしろ、ともに暮らしていたときよりもさらに好きになっている。龍とてまだ千羽のことが好きだろう。この席次を見ただけで明らかだし、龍がときどき千羽に熱い眼差しを送ってきている。

だが、後宮で暮らすようになって、千羽は知ってしまった。その〝好き〟の下で苦しんでいる女性たちがいることを。そして、千羽が妊娠しないことが、この帝国に暗雲をもたらしかねないということを――。

一回の短い訪問で妊娠した女性がいるのに、毎日のように子種を注がれ続けた千羽が妊娠しないということは、つまり、そういうことだ――。

【千羽様】

豊麗語で話しかけられ、はっとして千羽が見上げると、祥賢が立っていた。顔が赤いので酔っぱらっているのだろう。

ちらっと隣の龍を見れば、むすっとした表情をしている。

【青龍殿から後宮に移ったというのは本当ですか？　仲違いをしたと聞いたのですが、私がたまたまおふたりの会話を聞いてしまったことと関係がありますか？　もしかして私の責任ではないかと、それがずっと気になっていたのです】

祥賢に曇りなき眼《まなこ》で尋ねられ、千羽は頭がくらっとした。祥賢は、相変わらず色事、いや乙女心に関して空気を読まない天才である。

【……祥賢が気にすることはない。というか、忘れてくれ。誰にも、私たちにも言うな】

祥賢が頭をかいて、こう答えてくる。

【留学生たちが、千羽様が青龍殿から出ていかれたという噂話《うわさばなし》をしていたとき、皇帝夫妻の仲睦まじい会話を聞いたことがあるから仲違いはありえないと意見したのですが、今後はそういうことも言いません】

――すでに言ってるのか！

すると、龍が千羽の肩を抱いた。

肩に手と腕が触れただけなのに、千羽にとてつもない陶酔をもたらす。

――本当にまずい……今にも龍に抱きつきたいぐらい、龍に飢えてる……。

躰も心も、千羽は龍にすっかり変えられてしまっていた。

【そうなんだ。我々はとても仲がいいんだ。早く青龍殿に戻ってきてほしいものだ】

龍が千羽を見つめてくる。

すぐにでも戻ると言いたい。むしろ戻りたい。龍のように大きく、温かく千羽を包み込むこの殿舎に。だが、そのとき、千羽の頭に妃たちの顔が浮かんだ。

【わ……私は、ほかのお妃たちともっと交流したいと思っていて、後宮に住み続けるつもりなんだ】

【きっと千羽様は後宮でも人気者なんですね！　私も千羽様に早く豊麗に戻ってきてほしいんです。豊麗の民はみんなそう思っていますよ】

冗談めかして祥賢が言うと、千羽の隣に座る副団長がおどけてこう言った。

【千羽様が豊麗に戻られたとしても、祥賢はしばらく陽《ここ》で勉強だ。余計に会えなくなるぞ～】

周りの豊麗人たちも一斉に笑った。みんな顔を赤くしてすっかりできあがっている。

――これだから酔っ払いは。

などと呆れつつ、千羽は久々に心が明るくなった。

――やっぱり、豊麗のみんなは明るくていい。

夜も更け、皆ができあがったころ、以前と同じく、青龍殿と昇龍殿を繋ぐ扉の前で龍とともに豊麗人たちを見送った。変わったのは千羽と龍の関係だけだ。龍が張りついたような笑みを浮かべている。扉が閉まっても、千羽の腰に手を回したままだった。

「龍、腰から手を外せよ」

意外にも龍がすぐ手を離したが、そのままパンッと大きく手をたたき、人払いをする。

衛兵たちが一斉に扉の向こうへと移った。

すると、龍が扉に両手を突き、千羽は彼の腕の中に囚われる体勢になる。

「通風孔は完全に塞いだ。俺の寝台がいやなら、千羽の寝台にすればいい。千羽の部屋はそのままにしている。今晩は泊まっていけよ」

龍が半ば瞼を閉じ、艶めいた瞳で見下ろしてくる。

千羽は、ごくりと生唾を飲んだ。

「遠慮する」

なんとか断ることができた。酒量を抑えておいてよかった。

「そうか？　欲しそうな顔をしているぞ」

顎の下を指先でくすぐられ、千羽は慌てて顔を背ける。

「……おまえこそ、欲しいなら、ほかの妃のところに行けばいい」

半分本音だ。特に子どもに会ってほしい。自分のせいで、父親に会えなくなっているのだとしたら、それは悲しいことだ。二歳のときに父を亡くして顔も知らない千羽からしたら、生きているだけでも羨ましいぐらいなのに――。

龍がむっとして、不機嫌にこう言ってくる。

「本当に行くぞ、嫉妬しても知らないからな」

「するか。それより、おまえ、赤ちゃんになんで会おうとしないんだ」

「自分の子……だとしても会いたくはないな。その母親にも会わなければならないだろう?」

変なことを言う。後宮は皇帝以外の子が生まれないように男は宦官しかいないというのに。

「会えばいいじゃないか」

「俺がともに時間を過ごしたいのは千羽だけだ」

龍が顔を傾け、近づけてくるものだから、千羽は両手で彼の口もとを覆う。

「酒くさい。やめろ」

「おまえだって酒を口にしていただろう?　酔いのせいにして俺に身を預けたらいい」

「そんなのは豊麗の船で懲《こ》りた!」

「俺のことが……嫌いになったのか」

龍がうめくように問うてきた。

「……口惜しいことに、嫌いじゃない。どうしても嫌いになれない」

青龍殿から出て、ようやくわかった。龍のことが好きだ。ものすごく好きだ。だが、あえて好きという言葉は使わなかった。使えば、龍は力づくでも、ものにしようとするだろう。

「は？　なら戻って来いよ⁉」

「龍、後宮でわかったことはそれだけではない。私はおまえといっしょにいてはいけないんだ」

――私では、おまえの子は身ごもれそうにない。

そう口にしようとしてできなかった。この現実は過酷すぎて、まだ千羽自身、受け止めきれていない。

「なぜ、いけない？　この俺がともにいたいと言っているのに？」

「私が来たせいで、四人の女性が不幸になっている」

龍が千羽の左右に突いていた手を下ろして溜息をつく。

「難しく考えすぎだ、千羽。恋愛というのはいつもそういうものだろう？　両想いになる男女がいて、その男女が魅力的であればあるほど、恋に破れた男女が多く生まれる。そんなことまで気にしていたら誰も幸せになれない」

「皇帝と私は普通の男女ではない。後宮には、おまえの妃も子もいる」

龍が激した口調になる。

「だからなんだって言うんだ！　後宮は俺のもので、俺は後宮のものじゃない！」

――俺はおまえのものだ。

今になって、彼のこの言葉の意味がわかった。彼のものになった女はすでにいて、彼が自身を与えたいのは千羽だけだったのだ。

千羽は泣きそうになる。初めて会ったときから、龍にとって千羽は特別だった。

——この涙は見せるわけにはいかない。

千羽は自身の首元にかんざしを突きつけた。

「追うな。私は後宮に戻る」

龍に背を向けて駆け出す。走りながら涙が飛び散った。

——龍、とっくの昔に、私だって、おまえのものだったんだ！


このやり取りで、千羽の未練を感じ取ったのか、早速、翌晩には龍が千羽の殿舎を訪ねてきた。正確に言うと、いつの間にか龍が一階の客間に座っていた。侍女が通したのだ。さすがに皇帝が訪問したら、侍女としては追い返すわけにはいかない。

千羽が客間に入ると、龍が立ち上がって千羽を抱きしめてくる。大きな躰に包まれ、厚い胸板に頬を預けたら、離れていた時間などなかったように感じられた。

だが、龍がこの殿舎に来ているのをほかの妃が見たらどう思うか。千羽が青龍殿にいたときよりも、もっと深く傷つけてしまう。

——美媛にいやみを言われるくらいならいいけど、秀環が発狂しそうだ。

「龍、ここには二度と来ないでほしい」

「それはなぜだ？　俺のことが嫌いじゃなくなっているなら、もういいだろう？　気に食わないことがあるなら、全て改善する。ここに来てほしくないなら、千羽が青龍殿に戻ればいい」

――妊娠しやすくなる薬があれば……。

一瞬そんな考えが頭をよぎったが、このことは伝えたくなかった。千羽が気にしているとなると、いよいよ龍はほかの女を抱こうとしなくなるだろう。龍はそういう男だ。

「いや、私は戻らない。……例えば、週一回とか月一回とか決めて、五人の妃を順繰りに訪問するなら、私も受け入れよう」

「なんだ。ほかの妃に入れ知恵でもされたのか？　あいつらと俺なら、どっちを信じるというんだ？」

「……最初、豊麗に来たとき、龍は鉄鉱石が目当てだったんだってな？」

少し間が空いた。

「そうだ。留学生たちが採掘法を学んで豊麗で採掘して陽に輸出すれば、外貨が獲得できる。港を造る資材だって買えるようになるぞ。千羽だって豊麗人が自身の力で造ることに意味があるって言っていたよな？」

――そんなのは、あとづけだ。

やはり初めは鉄鉱石目当てで、そのことをあえて千羽に言わなかったのだ。

「豊麗の留学生たちに配慮してくれて、とてもありがたいと思っている。ただ、本来、龍は豊麗を占領して鉄鉱石を勝手に採掘して奪って、私はここで五人目の妃として過ごしたんだろうなと思っただけだ」

「そうならなかったのは千羽の魅力のおかげだろう？」

龍が抱きしめる腕をゆるめ、上体を少し離して千羽の顔をのぞき込んでくる。

「魅力……そんな曖昧なもの。ただの運だ。私とてほかの妃のようになる予定だった。自分だけ特別扱いされるのがいやになったんだ」

「誰しも自分だけが特別扱いされたいと思うものだろう？　そして、好きな人を特別扱いしたい。それの何が悪いんだ？　意味がわからない」

「私自身、何がしたいのか、わからないんだ」

「千羽……」

龍が屈んで、顔を近づけてくる。

「龍、四半刻経った。帰ってくれ」

それが気に障ったようで龍が突然、千羽を抱き上げた。

「何をする！」

千羽は彼の腕の中で暴れたが、龍はものともせず、冷徹な眼差しで見てくる。

「何をって、おまえはただの妃になりたいんだろう？　俺は、後宮で何をしても許される身で、その俺がおまえを抱きたいんだから、おとなしく従うがいい」

特別扱いがいやだと言ったのは千羽で、確かに龍の言う通りだ。

「そうか。私は後宮という皇帝専用の娼館にいる娼婦《しょうふ》ということか。ならば、躰を差し出さないわけにはいかないな」

千羽が毅然《きぜん》としてそう答えたら、龍が千羽を見下ろしたまま、しばらく固まっていた。

「一気に萎えた。帰る」

千羽を下ろして踵を返した。扉の取っ手に手をかけて、顔だけ少し振り向かせる。

「そんなことばかり言っていると、俺は本当に、ほかの女のところに行ってしまうぞ。いいのか？」

ほかの妃を抱く龍を想像して、千羽は心臓がきりりと痛んだ。

「……後宮は龍のものなんだろう？　自由にしたらいい」

ばんっと、勢いよく扉が閉められ、龍の怒りが伝わってきた。

千羽は二階に上る。龍が行くところには必ず宦官が大勢付いてくるので、窓を開けて耳を澄ませば彼の動向がわかる。それはほかの妃も同じことで、皇帝が千羽を訪問したことに気づいているだろう。

龍は、ほかの殿舎に立ち寄ることなく、青龍殿に直帰した。

千羽はうれしく思っている自分に気づいて、ぶんぶんと頭を振った。

——馬鹿だな……私は。

だが、ほかの妃のところに行くよう、もっと強く龍に勧めるべきだったと後悔するようなことが起こる。

翌朝、いつになく外が騒がしく、千羽が急ぎ殿舎から出ると、少し離れたところにある秀環の殿舎の周りに、宦官や女官の人だかりができているのが見えた。

——もしかして⁉

千羽が駆けつけると、女官が「秀環様が手首を切って自殺未遂されたそうです」と、耳打ちしてきた。

——昨日、龍が私を訪ねたせいだ！

「皇帝陛下は？」

「もちろん、お越しになっておりません。女官長と宮廷医がいらっしゃっています」

「どうして？　命を落としかけたのに？」

女官が千羽の顔を一瞥してから、遠慮がちにこう告げてくる。

「私どもは皇帝陛下のお考えなど想像がつきません。千羽様が一番ご存じなのではありませんか?」

千羽はその足で青龍殿に向かう。千羽が来たら通すよう言われているようで、すぐに中に入ることができた。

龍は文机を前にあぐらをかいて座っていた。千羽をちら見しただけで、そのまま書きものを続けている。

千羽はその向かいに正座して身を乗り出す。

「龍、後宮で何があったのか知らないのか?」

「後宮のことは何も知らせないよう牡丹に言っている」

「なら、今、私が知らせる。おまえの妃、秀環が自殺未遂をして一命をとりとめた」

「で、俺にどうしろと?」

龍が不満げに顔を上げ、筆を置いた。

「で……って、おまえが昨日、私のところに来たから……そのせいなんだ。せめて見舞いぐらい行ってくれ」

「俺が行けば、ほかの妃だって、そうやって俺の気を引こうとするだろう?」

面倒くさそうに言われてしまう。

千羽は少し下がって、土下座した。

「お見舞いに行ってください。お願いします」

行くという返事をもらうまでこうしているつもりだ。しばらくお互い無言のまま、時が経っていった。

「……おまえが同行するなら会ってもいい」

渋々承諾する声が聞こえてきて、千羽は頭を上げる。

「わかった。私が連れて行くから、頼む」

龍が秀環の殿舎の前まで来ると、人だかりが左右に分かれ、門から玄関までの間に道ができた。龍は当たり前のようにその道を進み、宦官がへつらいながら開けた扉から中に入り、まっすぐ二階へと向かった。無駄のない動きを目の当たりにし、ここは龍の家でもあることに改めて気づかされる。彼の言った通り、後宮は龍のものなのだ。

女官が寝室の扉を開けると、寝台に横たわる秀環の脇に椅子が置かれていて、宮廷医と思《おぼ》しき高齢の男と女官長が座っていた。まず、女官長が跳ねるように立ち上がった。

「皇帝陛下、よくぞお越しくださいました」

その背後から、弱々しい声が聞こえてくる。

「陛下がいらしてくださったのですか？」

「ああ。見舞いに来た」

龍が寝台のほうに向かう。女官長が、自身が座っていた椅子を手で差ししめしたが、龍は一瞥するに留めた。長居する気はないということか。

千羽は、秀環の視界に入らないほうがいいと思って、扉の前から動かなかった。

龍が立ったまま、秀環に語りかける。

「秀環。ここが辛いなら、おまえを解放してやる。もちろん一生困らない財産を持たせるから安心しろ」

「わ、私は大国出身ではないから、人質として役に立たないとおっしゃるのですか？」

「そういうわけじゃない。おまえは、ほかの妃からいじめられていたし、精神が不安定になっている。ここから出たあとも、おまえの父親の地位を保障するという勅書を出すから、安心して故郷に帰るがいい」

これが心も躰も弱りきった妃にかける言葉だろうか。

案の定、秀環が黙り込んだ。

「自分だけで決めるのも難しいだろう。躰が回復したら、父親に相談してみるがいい」

龍が踵を返した。無表情だ。つかつかと千羽のほうにやって来ると、千羽の腕を引っ張って、そのまま無言で階段を下りていく。

「龍、見舞いになってない。好きな男に突き放されるようなことを言われて、余計にショックを受けていたじゃないか」

龍が階段の踊り場で、くるっと顔だけ向けてきた。

「なら、気のあるふりをして、ずっとここに留めおくのがいいことだとでも？」

「いや……そういうわけでは……」

「そうだろう？　俺はこういうことで時間を取られるのが嫌いなんだ。ここがいやなら出て行けばいいし、ここがいいならいればいい」

こういう考え方は龍らしい。だが、千羽にかかると龍らしさがなくなることも千羽は知っている。

「なら、私も精神が不安定だから、ここから出たい。後宮から出してくれ」

龍が目を眇めた。

「おまえだけはだめだ。絶対に離さない」

閨での睦言なら、甘く聞こえるような台詞だが、今の千羽には監獄から出さないと言われているに等しい。

冬が近づき、どんよりと暗い空の日が続く。

しかも一旦、打ち解けたように思えていた佳恵や淑華がよそよそしくなった。侍女によると、豊麗人たちを招いた宴の日、千羽が青龍殿に行ったこと、そのあと龍が千羽の殿舎を訪ねたこと、さらには千羽が龍を秀環のところに連れてきたことなどが後宮中に知れ渡っているとのことだ。

――もしかしたら、皇帝が後宮に送り込んだ間諜《スパイ》とでも思われているのかもしれないな。

妃たちとの交流もなくなり、千羽が後宮ですることといったら、料理やお菓子を作ることと、牡丹が置いていった木刀を庭で振り回すことぐらいだ。

そんなある日、豊麗から手紙や贈り物が届いた。母親からの手紙には、翡翠をもらったからもういいのにと、またしても皇帝から高価な物を贈られたようなことが書いてあって、千羽は複雑な気持ちになる。

母や豊麗のためには、本当は今すぐにでも青龍殿に戻り、たとえ子ができなくても龍の気持ちを繋ぎとめるために努力すべきなのだ。千羽が龍に惚れたことでおかしくなってしまっている。

もちろん、手紙だけでなく、新たな留学生たちや官吏も陽に到着していて、千羽は接見のため、久々に陽の正装をした。胸の上で紐を結んで垂れ下げる、透け感のあるふわふわの天女のような衣裳だ。

冕冠《べんかん》をかぶり、皇帝然とした龍と、昇龍殿へと続く扉の前で待ち合わせて接見に向かう。

前は、誰が豊麗から来るのかと、うきうきしながら軽い足取りで向かったものだが、あのとき、龍が嫉妬したことで千羽が怒って青龍殿を出て、後宮で今まで見えていなかったことを見てしまった。

「前の接見は三ヶ月前だったのに、ものすごく遠い日のように思えるな」

寂しげな微笑を向けられ、千羽は胸が痛くなった。こんなに自分によくしてくれている人を、千羽は苦しめているのだ。

「今回も豊麗の留学生を受け入れてくれて……本当に、ありがとう」

それなのに感謝の気持ちを伝えることしかできない。

「そうか」

龍が無表情になって前を向いた。千羽は母国のことしか考えていないなどと思っているのだろう。

謁見の間《ま》に続く巨大な扉が開き、龍に付いて中に入ると、「皇帝陛下、妃殿下のおなり」という声が響き渡る。

千羽は龍と並んで黄金の椅子に腰を下ろした。ふたりの前、階下の広間で、きれいに列をなして立っている重臣たちが一斉にお辞儀をする。

「皇帝陛下、妃殿下に拝謁いたします」

まだ外の大階段に面した扉が開いておらず、豊麗の民も見えないというのに、龍が立ち上がり、千羽に目配せしてくるものだから、千羽も慌てて腰を上げた。

「余はここに宣言する。豊麗国出身の妃、千羽を皇后に冊立《さくりつ》する」

もう根回しされているのか、重臣たちは驚く様子もなく、声を合わせて「御意！」と力強く答えた。

千羽が呆然と龍を眺めていると、巨大な扉が衛兵たちによって開けられ、光が中に入ってくる。

扉の前で、文官が声を張り上げた。

「豊麗国の使節団、及び留学生は皇帝陛下、皇后陛下の御前《ごぜん》へ！」

千羽が妃殿下ではなく、皇后陛下になっていた。

接見のあと、五十人近くなった豊麗人たちとの宴会になる。初冬なので、庭でというわけにはいかず、青龍殿の広間で行われた。

大きな黒檀《こくたん》の長細い卓を繋げ、上座に龍と千羽が並んで座り、その左右にずらっと豊麗人たちが着席する。

相変わらず、祥賢が最も遠い席に座らせられていた。

龍が杯を掲げる。

「では、我が陽帝国と豊麗国の友好、そして豊麗国出身の千羽妃の皇后冊立を祝して、乾杯！」

「乾杯！」

皆が一斉に声を合わせて言い、杯を飲みほすと、千羽が皇后になったことを口々に寿《ことほ》いでくれた。

「まさか我が国から、大帝国の皇后陛下がお出になるとは……！」

「皇后陛下はお会いするたびにお美しくなられて、今日など天女のようです」

――こうなったら、もう後宮を出たいなどと言えなくなるな。

それこそ龍の目論《もくろ》むところだったのだろう。

千羽は龍と仲のいいふうを装い、両頰を持ち上げて貼りついたような笑みを浮かべていた。

宴もたけなわになると、お決まりのように祥賢がからんでくる。

【千羽様が手の届かない存在になってしまいました―】

と嘆いて千羽の横で泣き出す。とまどう千羽をよそに、豊麗人たちは笑うやら、はやしたてるやらで大盛り上がりだ。

龍の斜め前に座る使節団長が、皇帝の目を気にしてか、陽語で「元々、おまえの手の届くようなお方ではない」と、たしなめていた。

その様子が可笑《おか》しくて、千羽は噴き出してしまう。

——やっぱり同郷の者たちといっしょにいるのは楽しいなぁ。

「そういえば、今回は昇龍殿の広間で踊ってくれなかったな」

千羽の言葉に、使節団の官吏たちが顔を見合わせた。

「前、踊ったあと、謁見で踊る人たちは初めてだと言われたので控えたのですが、千羽様のために踊ればよかったです」

「そうだったのか。なら、ここで踊ってくれ。いいだろう？　龍？」

千羽は気づいたら、以前のように龍に問いかけていた。

「ああ、もちろん。余も見たい」

「そうと決まったら踊るぞ！」

祥賢がやけっぱちな感じで言うものだから、皆が笑って立ち上がる。

広間は長々と繋げた卓の左右が、がらんと空いていて、そこで歌の上手いものが歌い出すと、皆が歌に合わせて踊り始める。

酔いもあって千羽も中に入り、ともに踊った。

——ああ、楽しい。

豊麗にいたときのようだ。夜になれば、宮城の裏手の屋台から、買い物をしたり、おしゃべりをする人々の声が聞こえてくる。祭りの前になれば、どこからともなく歌の練習が聞こえてきて、そこに蝉《せみ》の声がかぶさる。

――懐かしい……あの日々。

千羽は気づいたら寝台で横になっていた。驚いて起き上がるが、見たことのない部屋だった。

「ここは……？」

ひとりごちると、寝台の前に龍が現れた。

「ここは青龍殿の皇后の間《ま》だ。今日から千羽の住まいとなる」

「どういうことだ？」

「皇后は、後宮に住まないしきたりなんだ。だが、安心しろ。ここは皇帝の間とは繋がっていない」

千羽が立ち上がると、中央にある卓上に大きな巻貝が所狭しと置いてある。

「これは……？」

「今回の船で、大きな巻貝を取り寄せさせた」

千羽は巻貝をひとつ手に取って耳に当てる。波音が聞こえてきた。

「夜の海にいるみたいだ」

そのとき、ひとつ、つぎはぎだらけの巻貝が目に入った。

「これは……？」

手に取って燭台に近づける。見覚えのある貝殻模様だ。

「これ……祥賢がくれた巻貝か」

「複雑すぎてくっつけるのに時間がかかった」

「龍、おまえが……？」

「ああ。自分でやった落とし前は自分でつけないと。職人にやらせても意味がないだろう？」

「そうか……龍、おまえ、いいやつだな」

耳に当てるがあまりいい音はしなかった。だが千羽は、この巻貝がとてつもなく愛おしく感じた。

——やっぱり、私、龍のこと、好きだな。

「寝てる間も千羽は帰りたい、帰りたいって寝言を言っていた。連れてきて悪かったな。だが、俺はおまえを手離せない。ここにいてくれるだけでいいんだ」

——悪かったな。

その言葉が千羽の胸を刺す。千羽こそ、この言葉を龍に言うべきではないか。龍を苦しめてばかりだ。

「おやすみ」

そう告げて龍が踵を返し、皇后の間から出て行く。

千羽は立ち尽くして、ずっと巻貝の波音を聞いていた。


とはいえ後宮と切り離された生活は千羽に心の平安をもたらした。秀環は回復して後宮に留まっているそうだ。彼女は千羽の顔など見たくないだろうし、ほかの妃だって千羽がいないほうが穏やかに過ごせることだろう。

だが、そんな考えが甘いことを、千羽はすぐに思い知らされる。

庭の湖のほとりを散歩していると、美媛の悲鳴が聞こえてきた。何ごとかと後宮に向かうと、ちょうど後宮から青龍殿の回廊に入る扉が開き、そこに現れたのは後ろ手をくくられた美媛だった。

「私は、何もしていません！　何も聞いていません！　後宮に戻して！」

美媛は千羽を認めると、鋭い眼差しで睨んでくる。怨念すら感じさせる、すさまじい表情だった。

暴れる美媛を三人の宦官が取り押さえ、引きずるように昇龍殿のほうへ連れていく。

昇龍殿へと続く扉の前で歩を止めた牡丹に、千羽は尋ねた。

「どういうことだ？」

「反乱です。美媛の父親は皇后になれなかった娘を見捨てて、元賀国の宮城だったところで兵を挙げました」

「では、美媛はどうなるんだ⁉」

「まずは、知っている情報を吐かせて、そのあとは牢屋行きです。殺されはしません。きらびやかな牢獄《ろうごく》から、地味な牢獄に移るだけのことですよ」

牡丹が昏《くら》い笑みを浮かべた。

「これは龍の指図か？」

「龍兄は後宮のことに興味がありません。今、昇龍殿で将軍たちと作戦計画を立てていらっしゃいます。明日明後日には出陣なさるでしょう」

――私が皇后になったことで戦いが起こるというのか……⁉

「私は、皇后になりたいと思ってなったわけじゃない。ただの妃に戻してくれ」

「それはしきたりとして無理なことです。皇后は亡くなるまで皇后であり続けます。皇帝が亡くなっても、皇太后として君臨し続けるのです」

――そういうことか。

龍が千羽を皇后にしたのは、この宮城にくくりつけるためだ。

「何もかもが狂ってしまいました」

牡丹が虚《うつ》ろな目をして淡々と告げてきた。

――私はもうここにいないほうがいい。

千羽は皇后の間に戻り、土産店に行ったときに使わなかった硬貨を小袋に入れて腰に提げると、皇帝の間に向かった。

――戦だけは止めないと。

千羽が皇后になったことが原因で戦いが起こるなら、なんとしてでも千羽が食い止めないといけない。とはいえ、ここまで龍を蔑《ないがし》ろにした千羽の願いなど聞き入れてくれるだろうか。

――やるだけやるしかない。

皇帝の間の入り口に千羽が現れると、衛兵が驚いたような表情になった。この後宮で、皇帝夫妻の不仲を知らぬ者はいないだろう。

龍は不在だが、中に通された。

――この香《こう》、久々だ。

ここに住んでいたときは、当たり前だった匂いが急に意識される。龍は香りなどに興味はないだろうが、千羽にとってこの香りは龍そのものだ。

千羽は真っすぐに自分の部屋に向かう。暮らしていたときのままだった。文机の引き出しを開けて中に筆や紙があることを確認し、硬貨を入れた小袋を中に入れる。

「皇帝陛下のおなり」

衛兵の声が聞こえてきた。千羽はひと呼吸してから入り口のほうに向かう。

龍は冕冠を外していて、いつもの後ろでくくっただけの髪型だった。だが、衣服は皇帝の正装のままだ。

千羽を認めると話しかけてきた。

「美媛のことを気にしているのか？　別に殺しはしないから安心し……」

千羽は駆け足で龍に抱きついた。

「千羽？　どうした？」

龍が当たり前のように抱きしめ返してくる。

——この匂い、大きさ、たくましい腕……何も変わらない。

千羽が顔を上げれば、龍が愛おしげな眼差しを向けてくれた。千羽は切なくなる。

「龍、戦いになど行くな」

だが、龍の反応は想像とは全く違った。

「気に病むことはない。おまえを皇后にしたことで反意ある者があぶり出せた。むしろ好都合！」

そう言い切った龍は、どこか高揚しているように見えた。

「……戦わなくても、賀国の元国王など屈服させる方法はあるだろう？」

「俺のことを心配してくれているのか？　だが、無用だ。俺が行けばすぐに平定できる」

そう言っている間も、千羽を励ますというより、龍の頭の中は、どう戦い、どう敵を倒すかでいっぱいなようで、千羽に顔を向けているが千羽を見ていない。

――こんなに生き生きしているなんて……！

これは、両親を失った記憶に苦しむ龍と同一人物だろうか。

「おまえは平和を愛する皇帝だったはずだろう？」

「愛しているだけでは平和にならない。平和にするために戦うんだ」

そう言った龍の瞳はぎらぎらして、まるで狂戦士だ。

――戻ってこい、龍！

「そんなのは嘘だ。建前にすぎない」

「言っただろう？　俺は両親を戦争で亡くし、戦いのない世にしようと軍人になったと」

「では、なぜ今、喜んでいるんだ？」

「喜ぶ……？」

龍が躰を少し離して、しばらく見つめたあと、小さくため息をついた
「……千羽はお見通しだな。おまえは俺を理解できる唯一の女だ」

あっさり認められ、千羽は肩透かしを食らう。

「もしかして……自覚があるのか？」

「そりゃそうだ。俺の才能が最大限に発揮できるのが戦場なんだから。今、俺の頭の中に勝利への道が描か

れている。料理人と同じさ。最高の素材を手に入れて、最高の客に、最高のものを食べさせられるときに心躍らないはずがない」

千羽は眩暈《めまい》がしそうになる。自分が惚れたと思った男にとって、人間の命は料理の素材みたいなものらしい。

だが、千羽は知っている。彼の中に平和を求める少年がいることを。

——だから、いまだにうなされるんだ。

「龍、目を覚ませ」

千羽は龍の肩にしがみつくと、かかとを上げて龍にくちづけた。

「千羽……そんなことをされたら……俺は……。いいのか？」

「いい。私の躰を好きなようにしたらいい。だから、行くな」

「……それは……無理だ」

「なぜ無理と決めつける？　四年で天下統一を果たしたおまえに、できないことがあるとでも？」

「違う。戦い続けてきたから統一できたんだ」

「私のことを少しでも好きという気持ちが残っているなら、戦いをやめてくれ」

今までさんざん歯向かってきたのに、自分でも虫のいい取引だとは思う。

「おまえの皇后の座を守るためにも、戦いはやめられない」

「そんな地位、私はいらないんだ」

「わかってる……だからこそ……おまえには皇后でいてほしい」

龍の目もとに睫毛が舞い降り、高い鼻梁が傾く。唇に唇が触れると、当たり前のように舌が入り込んできて深く繋がる。不思議と久々な感じがしなかった。昨日も一昨日も毎日ずっとくちづけられていたような気さえする。抱き上げられ、千羽の部屋の寝台まで連れていかれた。

龍の寝台は仲違いの原因となったのであえて避けたのだろう。

寝台で、千羽は龍の大腿に横座りで下ろされる。唇が離れたのに、鼻と鼻が触れ合うくらいの近さで見つめ合う。なぜ離れていられたのか、いや本当に離れていたのか、そんな不思議な感覚に陥りそうになったが、なんとか千羽は自分を取り戻す。

「龍は……まだ自分がわかってない。おまえ、後宮で会食した日の夜、うなされていたじゃないか。もしかしたら、私と会う前、後宮を訪れた日もそうだったんじゃないか？」

「千羽と寝れば、うなされない」

千羽が訊いたのはそこではない。龍は答えをはぐらかしている。

「それはきっと、私の国とは戦っていないせいだ。だから、うなされない。人質に会うと、その国を倒した罪悪感が夢の中で蘇るんだ。戦いで親を亡くしたおまえは、戦場で亡くなる者が誰かの息子で、誰かの兄弟で、誰かの父親だということを知っている。それで、苦しいんだ」

「だったら、なんだっていうんだ！」

龍が声を荒げて、千羽を押し倒した。

「そんなことを気にして、天下統一などできるか！」

龍が千羽の手首をつかんで寝台に磔《はりつけ》にする。

千羽は決して腹を立てたりしなかった。傷ついているのは龍だ。そうでないと、ここまで感情的になる理由がない。千羽は怯まず続ける。

「自分の中の声に耳を傾けろ。戦いに行っても傷つくのはおまえ自身なんだ」

「うるさい！　僧侶にでもなったつもりか」

千羽は反論しようとしたが、唇で塞がれる。今日も千羽は妃が着るような服ではなく、左右の襟を合わせて帯で留める服を着ていた。下着である小袖ごと襟を左右に開《はだ》けられれば乳房がふるりと張り出す。

きっと戦いを前に、すでに興奮状態にあるのだろう。龍が迷わず、乳暈に食らいついてくるものだから、千羽は「あっ」と、驚きの声を上げた。

龍が飢えた獣のようにむしゃぶりつき、強く吸ってくる。そうしながらも着物の裾をまくり上げ、いきなり股ぐらをつかむと、親指で蜜芽を押さえ、残りの指四本を秘裂に突っ込んで前後させる。

そんな手荒い扱いだというのに、忘れようとしても忘れえなかった彼の唇と指の感触に、千羽は淫らに腰をくねらせた。

「千羽も本当は俺を欲しかったんだろう？」

龍がいきなり欲望をぶつけてきた。はち切れそうな漲りでぎちぎちに塞がれる。それなのに龍は埋め尽くしたことを疑うように腰をぐいぐい押しつけてきた。

「ろん……！」

「ち、は」

ようやく退《ひ》くことを思い出したように龍が抽挿を始めるが、すぐに速度を増した。

「あ、ぁ、あ、あ」

突かれるたびに千羽は喉奥から声を漏らして頭のほうにずれていき、龍がそれを追う。千羽が自身の奥で彼を強く締めつけたせいか、龍は千羽の腰をつかんで中に精をぶちまけた。

こんな荒々しい抱かれ方だったというのに、千羽は、稲妻が足の先から頭頂まで駆け抜けるような今までにない強い快感に貫かれ、そのまま果てた。


千羽が気づいたときには、目の前に龍の顔があった。胸もとは開《はだ》かれ、裾はめくられたままだ。龍が着衣のままなところからして、ともに、そのまま眠りに落ちてしまったようだ。

以前なら、こういうとき必ず龍は千羽が起きるのを待ちかねていたものだが、その龍が今、寝息をたてている。最近、あまり眠れていないなかったのかもしれない。そう思うと、申し訳ないような気になる。

だが、千羽は龍と話したことで、いくらなだめすかしても自分の力で龍を引き止めることは無理だと悟った。

——ならば、残る手段はひとつ！

千羽は立ち上がって身だしなみを整えた。文机のところに行き、引き出しを開けて紙と筆記具を取り出す。

低い卓に、巻かれた紙をくるくると広げ、筆に墨を付ける。ちらっと寝台のほうを見たが龍は一向に起きる気配がない。

——どうしたら、龍は戦いに出られなくなる？

そんなことを思案しながら手紙を書いた。

書き終わると、引き出しから金子《きんす》の入った小袋を出し、帯にぐるぐるとくくりつけた。

龍の寝室へと続く扉は開いたままだったので、音を立てることなく出られた。文机に置いてある地図の下に手紙を置く。ここなら、すぐには手紙の存在に気づかれないが、出兵する前にはいやでも気づくだろう。

問題はここからだ。湖に面した両開きの扉の片方をそうっと開く。扉の外はいきなり湖面で足場がないが、外扉の装飾にしがみついて床を蹴り、扉を閉めることができた。

空はまだ暗いが、湖の遥か向こうの壁を挟んだ外には、以前、龍が連れて行ってくれた土産店街があり、川向かいには居住区がある。

——外に出たら、あとはなんとかなる。

千羽はすうっと大きく息を吸うと、そのまま湖に飛び込んだ。

龍は久々に深く眠ることができ、心地よく目を覚ました。千羽がいたほうに手を伸ばすが、いない。

——もう皇后の間に戻ったのか。

戦いに出るなと言う千羽と平行線のまま強引に抱いてしまったので、出兵する前に話をつけないとまずい。せっかく愛し合えたというのに、またこじれてしまう。

龍は回廊に出て衛兵に問うた。

「千羽はいつごろ、ここを出たんだ?」

すると、衛兵が慌てた様子になり、千羽が昨晩、皇帝の間に入ってから一度も外に出ていないと言うではないか。

龍はものすごい勢いで、千羽の部屋に戻る。

「千羽？　千羽、どこだ？」

ほかの部屋や厨房も探したが、どこにもいない。

――それにしても、どこから逃げられるっていうんだ？

龍は急いで入り口に戻り、衛兵たちに告げる。

「皇后がさらわれた！　宮城の全ての門を閉めよ！　禁軍を動員して宮城とその周辺をしらみつぶしに探せ！　港の船という船を全て出港停止にせよ！」

そう叫んでから、ようやく龍は気づいた。

――こうやって俺を戦に出られなくする作戦か！

とはいえ、千羽を失うわけにはいかない。すぐに見つけ出して後宮に軟禁しないと出陣どころではない。

将軍たちが慌ててやって来たので、龍は新たに命令を下した。

「帝都にいる豊麗人、全ての居場所を今すぐ確認しろ」


千羽はそのころ湖を泳ぎ切り、城壁の外の川へと出たところだった。空が白み始めている。

――それにしても寒い。

冬の冷水の中を泳いだものだから、あまりの寒さに躰が凍えて歯がカチカチと鳴っている。それより、こんなびしょびしょの恰好では怪しまれてしまう。千羽は腰に付けた小袋に手を置く。

――これさえあれば、なんとかなる。

民家が立ち並ぶ路地裏に入ったところ、玄関前をほうきで掃く中年女がいた。

「すみません。川に落ちてしまって……このお金と服を交換していただけませんでしょうか」

銀貨を一枚差し出すと、女が素《す》っ頓狂《とんきょう》な顔になる。それもそのはず、銀貨には、この家一軒が買えるぐらいの価値があるのだ。

「え？　ええ？　こんなにもらっていいのかい？」

「だって、このままでは凍え死んでしまいます。背に腹は代えられませんわ」

「まあ、まあ。それでは、中に入って火桶《ひおけ》で温まって服を着替えなさいな」

「ありがとうございます。できれば男物の服がいいです。これから馬に乗るものですから」

「なら、うちの旦那が痩せていたころのものがあるよ」

千羽は褲子《ズボン》を穿《は》き、藁《わら》で編んだつば広の帽子をかぶり、譲ってもらった日用品を背負う。そこらの若者にしか見えない恰好になり、土産店の近くで見かけた荷馬車の停車場へと急ぐ。そこで馬も含めて荷馬車を丸ごと買い、荷車の先頭に座って馬を走らせる。

龍は船を警戒するだろうから、裏をかいて陸地を移動することにした。この街から一刻も早く出て、林道や山道に入らないといけない。だが、急ぎ走らせると不審に思う者も出てくるだろう。千羽は以前、土産店街に行ったときに見かけた荷馬車の速度を思い出し、ゆっくりと走らせる。

林道に入ると荷車を捨て置き、千羽は馬に跨った。帝都周辺の港は警備が厳重になるだろうから、できるだけ南下して、豊麗との交易が盛んな南方の港から豊麗に入るつもりだ。

だが、そこからどうしたらいいのか、千羽には見当もつかなかった。

留学生に学ばせたいと豊麗の民を呼び寄せておいて、その者たちを放っておめおめと戻ってくる世継ぎなど、恥さらしもいいところだ。そもそも千羽はもう世継ぎですらない。

——全て、龍を愛してしまったせいだ。

好きにならなければ、適当に機嫌をとって豊麗に利益をもたらすよう働きかけるような割り切ったつきあいができただろうに。

恋や愛で身を滅ぼすような女は、やはり世継ぎにふさわしくない。千羽は改めてそう思う。

だが、千羽はどうしても豊麗に帰りたかった。

——あの青い空と海がもう一度見られるなら、あの涼やかな海風をもう一度、肌で感じられるのなら、死んでもいい！


龍は青龍殿で文机の前に座していた。周りでは女官たちが手掛かりを探すために、引き出しを開けたり、寝台の下をのぞき込んだりしている。

——ずっと、この日が来るのが怖かった。

失ってやっとわかったことがある。

千羽は、両親を亡くした龍にとって初めてできた、かけがえのない家族だったのだ。千羽が自身の意志で出て行ったならまだいいが、さらわれて救出を待っているかもしれないと思うと、いても立ってもいられない。

――ただ、生きて、元気でいてくれ！

龍はそんな境地に達していた。もう、戦いに出るどころではない。これが千羽の狙いなら、龍の負けだ。

――こうなったら、派兵せずに降伏させる方法を考えないと……。

机上の地図に視線を落とす。昨晩までは、この地図のどこからどう攻めるか、そんなことに神経を集中させていた。今や、出兵する予定だった軍隊全てを捜索に回している。

――こんなもの！

龍は地図を手で払って床に落とした。すると机上に見覚えのない紙が現れる。開けると、千羽のつたない字が並んでいた。

『龍へ
私が来たせいで、後宮もこの帝国もどんどんほころびが出始めた。

だが、皇后は、死ぬまでやめられないと聞いた。

だから、いなくなる。

龍、頼むから無用な戦をやめてくれ。

龍なら実戦に至らなくても、相手を降伏させる方法を考えつくはずだ。

おまえが、おまえのような孤児を作り出すなんて、悲劇でしかない。

親を亡くし、苛烈な体験をし、今もなお苦しんでいる龍が、どうして人の親を殺す？

そんなことをして苦しむのは、結局、龍、おまえなんじゃないか。

おまえは自身の強さゆえに、自身を傷つけてきた。

だが、おまえの強さも弱さも全て愛していたよ、龍。

だからこそ、おまえの前から私は消える。お元気で！　千羽』

読み終わったときには龍の目に涙がにじんでいた。その手紙をくしゃっと握りつぶして額に着ける。その手は震えていた。

『全て愛していたよ、龍』

――初めての愛の告白が、よりによって過去形か。

「おまえこそ、字が下手すぎなんだよ」

手紙を放ろうと手を掲げたが、すぐに力なく下げる。千羽の手紙を持っておきたかった。

――千羽……やっと戻ってきたと思ったのに……。

「皇帝陛下、どうなさいました？」

女官の声に龍は顔を上げた。

「あ、いや。千羽の手紙が見つかった。皇帝の間の捜索は打ち切りだ。千羽は宮城の外にいる可能性が高いが、そうと見せて、宮城に潜んでいる可能性もある」

「御意。とはいえ、入り口から出ずに、ここからお出になる方法などありますでしょうか」

「そうだ。そこなんだ」

――となると、やはり青龍殿の中に潜んでいるのだろうか。

龍は立ち上がって寝室を見渡した。

寝台の手前に両開きの大きな扉がある。

あれは千羽が青龍殿に初めて来た日の翌朝のことだ。

扉を開けて朝方の空を眺める千羽の後ろ姿は、まるでここから羽ばたこうと翼を広げた鳥のようだった。

――とうとう飛んでいってしまったというわけだ。

そう思って、龍は自嘲した。

――いや、待てよ。

龍は吸い寄せられるように扉に近づき、ぎいっと左右に開く。

眼前に湖が広がっていた。

――あるじゃないか！　外へ逃げられる、衛兵のいない扉が！

それにしても、いくら泳ぎが得意とはいえ、冷たい水の中、遥か向こうの城壁まで泳いで、さらには壁向こうの川へ出るなんてこと、できるものだろうか。城壁の下に潜ったあと、再浮上できなくなったらどうするのだ。

――もしや、ここから脱出しようとして、溺死したなんてことがあったら……。

ぞくっと、今までにない恐怖に、龍は背筋を凍らせた。

隣室に控える将軍に向かって龍は叫ぶ。

「これから新たな命令を出す。命令はふたつ！　ひとつ、禁軍を動員して、湖で皇后が溺れていないかを徹底的に調査！　もうひとつは、この湖に続く川の向こうで目撃証言を取れ！　以上！」

そう命じてからしばらくして、城壁近くの川岸で、ずぶ濡れの女の目撃証言があったという報告が届く。

――千羽は無事、宮城の外に逃げおおせた！

逃げられたというのに、千羽が生きていることに龍は喜びで胸をいっぱいにする。

だが、そこから先の足取りは全くつかめなかった。

千羽の不在に気づいてまず最初に豊麗人全ての居場所を確認するよう命じていたので、近衛兵が留学生寮と使節団の住居に着いたのは早朝で、外出している者はひとりもいなかった。というか、就寝中にたたき起こしたことで、ただならぬことがあったことを豊麗人に知られるはめになった。千羽の身に何か起こったのではないのかと、厚かましくも祥賢が皇帝に拝謁を求めてきたが断った。

いっそ賀国の残党が千羽を誘拐したということにして、全面攻勢をかけてやろうかと思ったところで、千羽の言葉を思い出し、龍は双眸を手で覆った。

『戦いに行っても、傷つくのはおまえ自身なんだ』

千羽は勘のいい女だ。龍をよく見ている。逆上してしまったのは痛いところを突かれたからだ。龍の中に好戦的な自分と、罪悪感を覚える自分がいて、いつもせめぎあっている。苦しんでいるつもりはなかったが、それなら、眠れなかったり、うなされたりの理由がつかない。

『四年で天下統一を果たしたおまえに、できないことがあるとでも？』

そうだ。千羽はよくわかっている。賀の元国王など、戦闘に入らなくても暗殺して自分の配下の官吏にすげ替えればいいだけのことだ。

龍は自分でも認めたくなかったが、戦って自分の腕を試したかっただけである。

千羽が言いたかったのはそういうことだ。ならば、戦わずして賀を落として見せよう。

――だから、俺のところに早く戻ってこい、千羽！

第七章　新しい人生

宮城から脱出して二ヶ月、千羽はついに大陸の最も南方にある港町にたどり着いた。低い声で少年のふりをして屋台で米粉の麺を注文する。路上に置かれた小さな座椅子に腰かけ、背の低い卓で麺をすすった。

隣で中年男が三人、小さな卓を囲んで丼をかっこみながらしゃべっていた。

「皇帝は賀国の残党と剣を交えず、間諜《スパイ》に元国王を暗殺させることで無血開城させたんだと」

それを聞いて、千羽はやっと胸のつかえが取れたような気がした。父親を亡くした美媛には同情するが、無辜《むこ》の民が命を落とすようなことにはならなかった。つまり龍は、心に新たな傷を負わずに済んだということだ。彼には、このまま知略で帝国を治めてほしい。

「だが、賀の元国王は娘を後宮に入れていなかったか？」

「そうなんだ。後宮には元王女が四人いたのに、人質として価値がないことがわかったとかで、皇帝は後宮を廃止させたらしい」

「それは極端だな。子をなした妃もいたんだろう？」

「ああ。柳の元王女だろう？　子を置いて後宮を出たらしい。今や妃は豊麗の世継ぎの君だった皇后だけだ」

――どういうことだ？

「世継ぎの君？　そうか。おまえは豊麗人だもんな。おまえの国の者は皆、女の王を尊敬しているらしいな」

一人は豊麗人だったのだ。千羽はちらっと、その中年男を見た。肌が焼けていて漁師のように見える。

「ああ。だから、女王の一人娘である世継ぎの君が皇帝に召し上げられたときは皆、怒り狂ったものよ。だがな、世継ぎの君は妃になってすぐ、皇后にまで取り立てられたんだ。しかも、陽の都との定期船ができて珍しいものが手に入るようになるわ、留学生を募って最先端の技術を学ばせてくれるわで、さすが世継ぎの君は違うと、今では皆、誇りに思っているんだよ」

千羽は自身の身なりを見下ろし、申し訳ないような気になる。その皇后はとっくに逃亡して、こんなところで汗臭い衣をまとって麺をすすっているのだ。

しかし、おかしな話だ。千羽がいまだに皇后ということになっている。妃がひとりもいないとなると恰好がつかないからだろうか。

「俺、難破して船をなくしたけど、ここで稼いで船を新調できたから、そろそろ豊麗に戻ろうと思うんだ」

ほかのふたりが顔を見合わせて笑っている。

「豊麗人は皆、すぐ島に帰りたがる」

「それはそうさぁ。皆も一度来てみたらいい。ここは暑いだけだが、島はいつも風が吹いていて気持ちいい」

「それに空も海も青い……だろう⁉」

ふたりが声を合わせた。

「そうだ。その通りだ」

豊麗人の男が破顔した。

――そうだ！　その通りだ。

千羽は心の中で強く同意した。今こそ、豊麗に戻るときだ。

【あの、すみません、その船、僕も乗せてもらえませんでしょうか？】

その男に豊麗語で声をかけたことで、千羽は漁師の船で豊麗に戻れることになった。彼の行先が本島ではなく、照喜島《てるきじま》という小さな島だったのが決め手だ。本島に着く船は龍が見張らせている可能性が高い。

乗船する前に、千羽は調理器具を買いそろえた。豊麗で食堂でもやろうと思ってのことだ。

給仕を雇って奥にこもって調理をすれば、知り合いに顔を見られることもない。そもそも、世継ぎの君の顔を知っている者は本島にしかいない。

——母上に会いたいけど、ほとぼりが冷めるまでは無理だろうからな。

そもそも合わす顔がない。千羽は自分で生計を立てる必要があった。

漁師は糸数広海《いとかずひろうみ》といい、千羽の荷物の多さに面食らっていたが、食堂をやるつもりだと言ったら「開店したら俺が獲ってきた魚を買ってくれよ」と、白い歯を見せて笑った。

——いい人と知り合えてよかった。

そこから離島までの四日間が地獄のようになるとは千羽は思ってもいなかった。海がしけてもいないのに、千羽はすっかり酔ってしまったのだ。

「こんなに船に弱いなんてな？　空でも飛んで大陸に渡ったのか？」

広海に呆れられる始末だ。千羽は今まで船酔いなどしたことがなかったが、それはこんな小さな船ではなかったからかもしれない。

船上で食べようと思っていた食べものはすべて広海に譲り、千羽はひたすら、船の梁《はり》をつかんで、海にげぇげぇ吐いていた。最後は吐くものがなくなり、水分を吐いた。

だが、青い海に浮かぶ小島を目にすると、気持ち悪さなど飛んでいく。

——空も海も青い！

生きて再び見ることもないと思っていた光景がそこに広がっていた。

島に着いたときには千羽はすっかり弱りきっていて、心配した広海に妻の家である花城家《はなしろけ》に連れていかれる。

花城家には、妻の環《たまき》とたくさんの子がいたが、快く千羽を迎え入れ、敷布団に寝かせてくれた。開けっ放しの窓から海風が運ばれてきて心地いいはずなのに、船酔いが治らない。

そこで千羽はようやく気づいた。

——この二ヶ月、月のものがない！

ずっと馬に乗って逃げていたので気づかなかった。苛烈な状況にいるから止まったのだと思っていた。そもそも、自分には孕む力がないと思い込んでいたのだ。

——よりによって、今か。

戦を止めるために龍に抱かれた、あの最後の夜に孕んだということだ。

今さら子ができましたと帰るわけにもいかない。そもそも、彼の子だと証明できない。

なぜ後宮があるのかというと、生殖能力を持つ男との接触を断《た》ったうえで、妃が産んだ子を皇帝の子だと証明するためだ。逆に考えると、この龍との子は帝国に取られない。この子は千羽の子だ。好きな男との間にできた子なのである。

――これからは、この子のために生きよう！

千羽の心に希望の火が灯《とも》った。


宮城から千羽が消えて一年――。

その間《かん》ずっと千羽の捜索は続けられたが、なんの手がかりもつかめないことに痺れを切らし、ついに龍自身が豊麗へと渡った。ここまで時が経ったら、千羽は大陸にはいないと踏んでのことだ。

龍は豊麗人の身なりで、陽での留学経験がある慈英《じえい》という青年を案内役にして砂浜を歩く。

巻貝で聞いた音よりも優しく規則的な波音を立てる海は、どこまでも青い。その上に広がる空の青さは、陽の青空とは比べものにならないぐらい濃く、くっきりとした色をしている。

豊麗城のほうに目を向けると、見覚えのある、曲がりくねった坂道があった。

「この坂道は城の裏門に通じているんだろう？」

龍は慈英に問うた。

「よくおわかりですね！　日が暮れると屋台が出てにぎわいますよ」

龍は以前、千羽に故郷の好きな場所を訊いたことがある。そのとき、この道にある屋台を挙げていた。

「では、夕方、訪れるとしよう」

ということは、この砂浜は千羽が突っ伏して泣いていた場所で、砂浜の向こうにある岩場は、千羽が特殊部隊の陽人ふたりを倒すために誘い込んだところだ。

――あれからもうすぐ二年か。

あのとき千羽は、この海風が吹き抜ける島にいて、ここから遠く離れた陽に嫁いだあとも、千羽の心にはいつもこの島があった。一年に一回、帰国したいというささやかな望みさえ叶えてやろうとしなかったことが今になって悔やまれる。

「慈英、まずは女王をお訪ねしよう」

「緊張してきました」と、慈英が襟を正すものだから、龍は笑ってしまう。

「目の前に皇帝がいるんだから、今も緊張していていいぞ？」

慈英が、はっとした表情になった。

「え、あ……確かに。今も緊張していますよ？」

「従者に緊張されても仕方ない。存在が遠いか近いかの違いだろう」

今の龍は髪を無造作に後ろで束ね、そこらの豊麗人と同じような簡素な着物を身に着けている。

龍は慈英と、豊麗城の正門へと続く急な坂道を上る。この急勾配は、あるていど防衛に効くが、裏にゆるやかな坂道があるのであまり意味がない。

見上げれば、紅色の城が空に浮かんでいるように見える。防衛のためではなく、ここに住まう女王のことを神々《こうごう》しく思わせるために造られたのだろう。五つの門をくぐらないと広場にたどり着かないところも神秘性を高めるために有効だ。

広場に着くと、五階建ての紅色の木造建築があった。これが豊麗城だ。青空を背景に陽光を受けて輝く紅瓦や、鳳凰《ほうおう》が描かれた紅色の支柱はとてつもなく美しかった。

——ここが千羽が生まれ育った家か。

敷地全体を含めても後宮より小さいが、女系継承の場合、母から生まれた子が継げばいいだけなので、後宮など必要ない。

城の一階にある謁見室に通されたのは龍ひとりだけで、慈英は別室で待機となった。

謁見室には一段高くなった床があり、派手な縁の付いた大きな畳座があった。普段、ここに女王が座るのだろう。使節団の報告では御簾が垂らされて下段と仕切られ、顔がよくわからなかったとあった。

龍は視線を天井に向ける。巻き上げられた御簾が紅い房付きの金具で留められている。御簾は神域と下界を分けるという意味がある。どうも、今日、龍は人間として接してもらえるようだ。

「陽帝国皇帝、ようこそいらした」

先触れなく、いきなり女王が現れた。しかも当たり前のように豊麗語を使っている。龍も豊麗語を使えるということだ。紅色を目尻に引いた独特な化粧のせいかもしれないが、千羽と顔の造りが似ていないように思う。だが、雰囲気が似ている。

——この偉そうな感じが特に。

草で編んだような円座を手で示されたので、龍が座ると、その向かいに置かれた円座に女王が腰を下ろす。

この近さは女王としてではなく義母のもののように感じられた。

「皇帝よ、千羽がいなくなって以降も留学生たちによくしてくれて感謝している。それなのに、千羽を見つけ出せず、申し訳ない」

「女王、私こそ、千羽が消息不明になるような事態に陥ってしまったことを、深くお詫び申し上げます」

龍は、義理の息子として敬語を使った。

「龍と呼ばせてもらってもいいか」

「ええ。もちろんです。私は妻を捜しに参りました。どこを捜して、どこを捜していないのか、情報をいただけませんでしょうか」

女王が遠くを見るような目になった。

「恐らく豊麗本島にはいない。もし私が千羽で、見つかりたくなければ、見知った者のいる本島を外すだろう。となると離島だが、官吏を派遣している大きな島が八島あり、新たに越してきた住民について情報を出させたが、今のところそれらしき者は見つかっていない」

「捜すなら、小さな島々ということですね」

「それこそ無数にあって、皇帝直属の官吏がしらみつぶしに当たっていると聞いた。それにしても、龍よ。隠れている者を捜し出して、どうしようというのだ？」

痛いところを突かれた。

「戻ってきてほしいと伝えるだけです。無理やり連れ帰る気は毛頭ありません」

女王が小さく笑った。

「陽帝国の皇帝とは思えぬ発言だな。最初そなたが使いを寄越したとき、正直、私は……皇帝《そなた》が憎くて仕方なかった。私のかけがえのないひとり娘を、なんの愛着もなく取り上げようというのだから当然であろう？」

あのころ龍は、辺境の島に住む母娘《おやこ》の情になどこれっぽっちも想像を巡らしたことなんかなかった。だが、千羽と会えなくなった今の龍にはわかる。愛着のある相手を失うことがどれだけ辛いことか――。

「ええ。あのころ、私は自分のことしか考えていませんでした。ですが今は、後宮自体をなくしております」

女王がバッと、やたら大きな扇を広げる。そこには豊麗の海と空が描かれていた。

「龍よ、私は二十歳のときに千羽を産んだ。私の夫は海がしけて沖に立ち往生した船から子どもたちを救助しようと浜と船の間を泳いで何往復もした挙句、沈没する船に呑み込まれて……死んだ。そのとき千羽は二歳だった。千羽には父親の記憶が一切ない」

そのとき、『せめて顔だけでも知りたかったな』と言ったときの千羽の寂しげな顔が浮かんで、龍は胸を締めつけられた。

女王が膝に広げた扇に目を落として話を続ける。

「正直、夫には人を救うよりも生きていてほしかった。世継ぎだというのに、私はそう思ってしまった。だが、そのとき助けられた子どもたちは今、忠誠心の厚い官吏として私を支えてくれている。夫に支えられているも同じだ」

「そう……でしたか。千羽の父上が遺されたものは大きかったのですね」

「しかも、千羽に似た美丈夫《びじょうふ》だった。顔だけではなく、性格も似たようだ。私が千羽を陽帝国に渡すと絶対口にできないのをわかっていて、豊麗を救うために皇帝に嫁すと自ら言ってくれた。船に救助を待つ者がいれば、千羽も父親のようになんの躊躇《ちゅうちょ》もなく荒れた海に飛び込むだろう。千羽の中に、私の愛する人がいる」

龍は熱いものがこみあげてきたが、出そうになった涙を抑え込んだ。

後宮に入ってから千羽がいよいよ頑《かたく》なになったわけが今ならわかる。後宮で見捨てられた妃たちを見なかったことにして自分だけ幸せになるなど、千羽には決してできないことだったのだ。

「……つまり、その大事なひとり娘を私が取り上げようとした、ということですね？」

「そうだ」

女王が即答し、まっすぐ見つめてきた。

「会ってどうするのだ？」

龍の胸がずきりと痛む。この問いは龍が自分自身にも投げかけてきた。会って再び拒否されたら、自分がどういう態度を取るのかわからない。ただ、彼女をもう二度と離したくない、それだけだ。

「里帰りを許さなかったことを謝り、後宮を廃止したことを伝えたいです。そして、前と状況が違っているから、陽の宮城に戻ってきてほしいと希《こいねが》う、ただそれだけです」

「龍よ、私は今となっては、そなたを恨むどころか、千羽がいい夫《ひと》と巡りあえてよかったと思っているのだ」

――どういうことだ？

無理やり妃にした挙句、逃げられ、捜しに来たのだから、いいところなどひとつもない。そもそも龍自身が豊麗に乗り込んできたのは、女王が本当に捜査に協力する気があるのか信じられないところがあったからだ。

「最初の定期船で千羽からもらった手紙には、自分にすごく合う男《ひと》と結婚したみたいだと書いてあった。翡翠の贈り物についても、緑が好きだと伝えただけなのに、店の翡翠を買い占める勢いで困ったとか延々、惚気みたいなことが書いてあって面食らったものだ」

女王がふっと小さく笑った。初めて見せた笑顔は少し千羽に似ていた。

「あのとき千羽は、母上は物欲がないからと、買うのに反対していたんですがね」

「確かに私は欲しい物があまりないが、千羽はそなたの気持ちがうれしかったのだろう？　威厳を出すために宝玉も必要と言われたと書いてあったので、ほら、付けておるぞ」

女王が自身の頭を指差した。翡翠の玉がかんざしとなって女王の結い上げた髪に挿してある。

「その言葉も伝わっていたのですね」

「定期船就航の意義についての親書だったのに、皇帝に関することになると、どうしても愛情がだだ漏れになっていて可笑《おか》しかった。皇帝自らここまで捜しに来たということは、千羽の片想《かたおも》いではない。相思相愛ということだ。何か釦《ぼたん》をかけ違っただけだろう？」

――千羽の片想いだと？

龍は久しぶりに希望の光を見た気がした。

「女王……励ましてくださり、ありがとうございます。官吏に今までの捜索状況を確認して、まずは離島から探してみます」

――千羽、今すぐおまえに会いたい。

「では、これにて失礼いたします」

龍が立ち上がると、女王も立ち上がった。

「龍、見つけたら、ぜひここに千羽を連れてきてくれ。私も会いたい。頼む」

意外にも女王が頭を下げた。彼女が娘に会えていない年月は龍より長いのだ。

「きっとすぐにでも、千羽とともにここに参上します」

いなくなる直前に、千羽は龍にこう言った。

『四年で天下統一を果たしたおまえに、できないことがあるとでも？』

――そうだ。俺が好きで俺を好いてくれる女を、この俺が見つけられないわけがない。

龍はその足で別室に行き、慈英を連れ出す。

「今度は陽の官吏のところへ赴いて、捜査状況について確認するぞ」

速足で歩く龍のあとに慈英が続く。

「もう屋台が並んでいるはずです。下りは裏門からになさいませんか？」

龍は歩きながら顔だけ振り返った。

「そうしよう。ずっと見てみたかったんだ」

――千羽が好きだった場所を。

ようやく西の空が赤らみ始めたぐらいの時間だが、もう屋台が道を埋め尽くしていた。荷車の上に食べ物を載せ、屋根部分に料理の名前が書いてある。歩きながら一軒一軒見ていると、『陽で大人気！』『陽特産！』などという売り文句とともに、陽料理の屋台が散見される。

「千羽は、豊麗では陽料理を食べたことがなかったようだが、屋台には結構あるんだな」

すると、慈英が顔の前でぶんぶんと手を振った。

「陽料理が食べられるようになったのはここ半年ですよ。陽との直行便ができ、しかも千羽様が皇后になられたので、今、陽関連のものが大流行しているんです」

「そういうことか」

龍が再び屋台に目を戻すと、緑豆糕《リュードウガオ》を売っている屋台があり、その前で歩を止める。台の上に、ふたつの山があり、ひとつは葉の形、ひとつは花の形の緑豆糕が積んであった。

――葉の形の緑豆糕なんか初めて見たな。

豊麗風に改変《アレンジ》されているのだろう。屋根を見ると『陽特産！　甘いのと辛いの、どっちがお好き？　緑豆糕』とある。

――嘘だろう？

急ぎ、屋台に近づいて売り子の顔を見ると、若い男だった。

「緑豆糕、甘いのと、辛いの、それぞれ十個ずつくれ」

金を払うと、十個ずつ大きな葉に包んで渡される。

「龍様も陽の食べものが懐かしくなったのですか？」

そう訊いてくる慈英に何も答えず、龍は花の形をしたほうを取り出す。少しかじった。甘い。だが、この甘さは龍が唯一愛した甘さだった。次に、葉の形をしたものをそのまま口に放って、目を瞑って味わう。

青龍殿の厨房で『甘くないものを作ったから、これを』と、緑豆糕を差し出した千羽が今ここにいるようだ。

それは、まぎれもない、千羽が作った、塩辛い緑豆糕の味だった。

「見つけた。千羽を見つけたぞ」

「え？　ええ？」

きょろきょろ辺りを見渡す慈英を後目《しりめ》に、龍は売り子に声をかける。

「この緑豆糕はとてもうまいな。ここにあるもの全てを買いたい。だが、それだけでは足りない。もっと欲しいんだが、これは誰が作っているんだ？」

「え？　全部ですか。三百個ずつありますよ。この屋台街でも一番人気のお菓子ですからね」

「人気か。人気なのか。おいしいと思うのは俺だけじゃなかったのか。大宴会があって、三百個じゃ足りない。もっと欲しいんだ」

その料理人自体に興味があると思われないよう、龍は話を作った。

「増産を頼もうにも、照喜島の食堂から取り寄せているので、その宴会に間に合うかどうか。明日の午後、漁師が届けに来てくれるときに頼んでも、さらに一、二日かかるでしょう。あと何個必要ですか？」

「宴会は明晩だから間に合わないな。とりあえず、今、五十個ずつだけ買おう。それだけ人気なら、今日、この緑豆糕を楽しみにしている客もいるだろうから、買い占めないでおく」

「ですね。私も今、常連のお客さんのことを気にしていたところです。では、すぐに百個包みます」

そのやり取りを怪訝そうに聞いていた慈英に、龍は耳打ちする。

「これを作ったのは千羽だ。照喜島に行くぞ」

「ええ？　どうしてそんなことがわかるんです？　緑豆糕なんて誰でも作ろうと思えば作れるでしょう？」

「緑豆糕はそもそも甘いものしかないんだ。辛いものは千羽が俺のために考えたもので、これが偶然、同じ味になるとは考えられない」

千羽は生きて、豊麗にいる。しかも製菓で生計を立てているようだ。千羽はどこにいても千羽だ。自分の生きる道を切り開く。

――これからは、俺とともに生きるんだ、千羽！

龍の予想通り、千羽は照喜島にいた。

千羽は妊娠に気づくと、環に女であることを明かし、夫から逃げてきたことにして、環の姪として花城家に匿《かくま》ってもらっている。

食い扶持《ぶち》を稼ごうと緑豆糕の販売を始めたら、これが大当たり。人は、甘いものを食べると辛いものを食べたくなる。その逆もまたしかりで、二種作ったことが功を奏した。これは甘いもの嫌いな龍のおかげだ。

千羽は今や、毎日二千個もの緑豆糕を出荷するまでになっていた。広海がほかの島に魚を売りに行くついでに、各島にいる得意先に緑豆糕を渡してくれる。広海の小さかった船は今や、船員を何人も乗せられる大型の帆船に買い替えられていた。

千羽は花城家の隣に、大きな厨房を持つ食堂を建てた。ほかの島からわざわざ緑豆糕を買いに来てくれる客に食事を提供したいと思ったのが始まりだ。食堂で陽料理を食べた客から噂が広がり、最近では料理目当ての客も増えた。料理をおいしいと言って食べてもらえるのは、やはり、とてもうれしい。

そんなわけで、千羽は毎日大忙しだ。

ただ、単純に喜んでもいられない。客が増えると千羽の正体がばれる危険が増すからだ。客が来たら千羽は厨房から出ないようにして、環を事業主として前面に押し出している。

厨房の奥に目を向ければ、布団に寝転がっている三ヶ月の息子、晃《あきら》が見える。そのたびに千羽は幸せな気持ちになれた。環が、従業員の子どもたちや晃の世話をしてくれているのだ。

日が暮れたら、千羽は息子、晃を受け取って二階に上がる。蚊帳《かや》の中に入り、敷布団に座って授乳したら、晃が満足そうな表情になった。

——似てきた……。

晃はふくふくした顔の赤子だが、瞳の形や外側に向けて伸びるまつ毛など細部が父親にそっくりだ。息子の中に明らかに龍がいて、だから龍がいなくとも平気だと思うが、夜、息子が眠りに就いたあと、どうしても思い出してしまう。

毎夜、千羽を力強く抱いたあの男を——。

いつになったら、忘れられるのだろう。

——いや、忘れるなんて無理だ。

あの、誰よりも強烈な存在感を持つ龍を忘れられる者など、この世にいるとは思えなかった。ましてや千羽は五ヶ月もの間、ともに過ごし、彼の強さゆえの弱さをも知り、彼を深く愛してしまったのだから——。

だが、龍といて幸せを感じていたときでさえも、千羽はいつも故郷のことを思っていた。もう一度、母に会いたい、あの青い空のもと砂浜を駆け、青い海で泳ぎたいと。

それなのに、いざ、島に戻ったどうだ？　千羽が考えることといったら、龍のことばかりだ。

瞼をやや閉じ気味の不遜な微笑、含みがあるときの片眉だけ上げる笑み、本当に楽しいときの屈託のない笑い、そして、千羽を愛おしむような慈愛に満ちた笑み。なぜだか思い出すのは笑顔ばかりで、今、何をしているのか、たまには思い出してくれているのかと、心の中の龍に問うてしまう。

——これではまるで、龍が私の故郷になったみたいじゃないか！

昼間はこんなことを考える暇もないが、布団に入るとつい龍との思い出が脳裏を駆け巡り、目尻からこぼれた涙が耳を伝って枕を濡らす。だが、そんな時間はすぐに終わる。昼間の疲れが千羽を深い眠りへと誘《いざな》ってくれるからだ。

朝、起きたら起きたでやることがいっぱいだ。緑豆糕二種、各千個が、船員によって厨房から運び出されているのを横目で見つつ、千羽は食堂を開く準備をする。扉を開け、色とりどりの石が付いたのれんをかけた。

豊麗は陽射しこそ強いが湿気が少ないので、通気のいい屋内なら快適に過ごせる。だから、どこの店も扉を開け放って、のれんを掛けるのだ。

──これを見るたびに、龍の冕冠《べんかん》を思い出してしまうんだよな。

「いいお魚、入っていますか？」

そういえば、こんなことを言って冕冠で遊んだことがあった。

──ん？

千羽はものすごい勢いで振り返る。今の声が思い出の中のものではなく、背後から放たれた声だったからだ。

──まさか。でも、この声は……！

そこには龍がいた。豊麗の男のような身なりをして立っていた。

「千羽……会いたかった……」

切なげにそう言われれば、千羽の心は今までにない喜びで震える。

千羽だって会いたかった。会いたくて会いたくて、たまらなかった。

だが、千羽には晃がいる。

後宮で生まれていないので龍の子だと認められないとは思うが、皇子は陽帝国が欲しくてたまらなかった存在だ。万が一でも取り上げられたりしてはたまらない。

幸い、晃は環が見てくれている。千羽が捕まってもここで育ててくれるはずだ。

龍の後ろには砂浜、そしてその向こうには海。龍は頑丈な革靴を履いていて、千羽は草履《ぞうり》だった。

――裸足《はだし》なら、砂浜と海でかなり優位に立てる。

龍と向かいあったまま、千羽はそっと草履を脱ぐと、全速力で砂浜を駆け出す。

「待て。まずは話を聞いてくれ」

龍はそう言ったら千羽が止まると思ったのか、追いかけてこなかった。だが、千羽には守るべき者がある。

止まるどころか全速力で走って海に飛び込み、思いっきり泳ぎ出した。少し行けば小さな無人島がある。

――そこを通り過ぎたふりをして、しばらく潜伏したらいい。

「千羽、もう、俺から逃げるな！」

龍の声が聞こえてきたが、千羽は振り返りもせず、必死で泳いだ。だが、小島までもう少しというところで、龍に追いつかれる。袖を引っ張られたので、衣から抜け出て、小袖一枚になる。着物が水を吸って重く感じていたのでちょうどいい。

だが、今度は龍が千羽に飛びかかってきた。

「離せ！　なんで皇帝がこんなところにいるんだ！」

龍が千羽を抱きしめて立ち泳ぎをしている。この男はとことん身体能力が高い。力いっぱい暴れても彼の腕の中から逃れることはできなかった。千羽の頭に頬を寄せるぐらいの余裕まで見せる。

「離さない、離せない、もう二度と」

「海なら勝てると思ったのに……口惜しい」

「俺なんか一昨年《おととし》、砂浜で出逢ったときから、ずっとおまえに負けてる。お願いだ。そばにいてくれ」

「……私があそこにいても、争いを起こすだけだ」

「後宮は、もうない」

「おまえのことだから、追い出したんだろう？」

千羽が、ぎろりと睨んだというのに、龍がなぜかうれしそうにしている。

「千羽が去ったあと、妃たちに俺との未来はないと伝えたうえで、どうしたら幸せになれるのかを話し合ったんだ。再婚した者も、故郷に帰った者もいる」

「子どもは？」

「小莉は、牡丹が引き取ってきた捨て子だろう？　だから佳恵が後宮に置いていった。今やあの子が後宮の女王様さ」

「え？　あの子は……龍の子じゃないのか？」

「当たり前だろう？　さすがの俺も四半刻だとお茶を飲むのがせいぜいだ」

——嘘だろう？

あの子がいたから、千羽は自分が妊娠しにくいと思い込んだのだ。

——そう言えば龍は『自分の子だとしても』と、奇妙なことを言っていた。

今思えば、龍は彼の子ではないことを千羽も知っていると思っていたふしがある。

千羽は呆然としてしまう。

「俺は後宮から逃げるのをやめた。だから、俺から逃げないでくれ。豊麗にだって帰りたいときに帰ればいい。俺たちは確かに愛し合っていたはずだ」

千羽は否定しなかった。否定できるわけがない。好きだからこそ、後宮《あそこ》を出たのだから。

龍が片腕で千羽を抱いたまま小島まで泳いでいく。砂浜に千羽を下ろすと、さすがに体力の限界を感じたのか、千羽の横で座り込み、しばらく肩で息をしていた。

千羽は仰向けになって龍を見上げる。宮城で冕冠を戴《いただ》いていた龍が、青い空のもと焼けた肌をさらしているなんて、目を疑うような光景だ。

しかも、一年経っても千羽を忘れず、こんなところまで捜しに来てくれた。

千羽の心の奥で、厳重に鍵をかけていたはずの扉が開き、龍への恋情があふれ出してくる。それは涙となって千羽の瞳からこぼれ落ちた。

「千羽?」

龍に心配げな瞳を向けられたら、いよいよ愛おしくて仕方なくなってしまう。

「本当に、いやになる。私は龍《おまえ》に弱すぎだ。皇帝のもとに嫁ぐ予定があるのに、ゆきずりのおまえとしてしまうし、皇帝の子を産んで陽帝国を乗っ取るつもりが、おまえを好きになったせいで宮城から逃亡するはめになるし」

「好きになったせいで?」

龍が怪訝そうに千羽のほうに身を乗り出す。

「そうだ。好きでなければ、おまえの好意をとことん利用できたものを。子どもができないことだって陽帝国を滅亡させる好機《チャンス》だと思うことだってできたのに」

「子ども……？　そんなことを気にしていたのか？」

「後宮で暮らすようになってから、自分は孕まない性質《たち》なのではないかと思うようになった。だって、毎日のように……龍は……」

龍が唖然として、しばらく黙り込んだ。

「……子を産んで陽を乗っ取るって千羽が言っていたから、俺はそれを口実にして抱いていただけだ。千羽だってわかっていたはずだろう？」

「うん……わかってた……。でも、そのせいで、龍に皇太子ができないのかと思ったら……私以外にもっとふさわしい女性《ひと》がいるような気がして……」

「千羽、誰が俺にふさわしいかなんて俺が決める。俺はもう千羽に決めているし、子なんてできなければ、優秀な官吏にでもあとを託して、それこそ老後は、この島でふたりで暮らすのもいいだろう？」

「この島で……？」

千羽の背に、たくましい腕が回り込んでくる。龍に抱き起こされ、唇を寄せられれば、離れていた年月《としつき》が消えていく。

千羽は気づいたら、龍の背に手を回していた。くちづけしかすることを知らないかのように、何度も何度も夢中でお互いの口内をむさぼり合う。

やがて、龍が唇を離して、鼻が触れるくらいの距離で見つめてくる。

何度こんな近さで見つめられただろうか。

こんなとき、いつだって龍は千羽に酔いしれるような眼差しになった。今だってそうだ。そして、この瞳は千羽の心を蕩けさせる。

「龍……実は、逃亡してから気づいたんだが、私はおまえの子を……孕んでいたんだ」

龍が跳ねるように上体を退《ひ》いて、目を見開いた。

「その子は……⁉」

「ちゃんと産まれている。おまえに似た元気な男の子だ。よりによって最後の夜に妊娠してしまった」

「今、どこに？　名前は？」

「なんだ、やっぱり子どもが欲しかったんだな」

不満げに言えば、龍が額にくちづけてきた。

「愛する女との間に子ができたんだから、うれしいに決まっているだろう？」

龍の瞳は今まで見たことがないくらい、爛々《らんらん》と輝いていた。

「子どもは、誰の子だってかわいいぞ」

千羽は、つんと顔を逸らした。龍は子どもが好きではないと思っていたので、実のところ、ものすごくうれしいのだが、それは内緒だ。

「で、名は？」

「日に光で晃《あきら》だ」

「晃《ホワン》。威晃《ウェイホワン》か。希望に満ちた……いい名だ。晃はどこに？」

「さっきの食堂に……って、おまえのせいで、開店の準備ができてないじゃないか！」

「そうか。そうやって生計を立てて、俺の子を育ててくれてたんだな……ありがとう」

龍が感極まったような目で見つめて両手で手を握ってくる。

――こ、この、人たらしめ！

「まだ三ヶ月しか育ててないけどな」

「早く会いたい。浜まで泳げるか？」

龍が立ち上がったので、千羽も身を起こした。

「当たり前だ」

帰りはふたり並んで泳いだ。浜に着くと、龍が自身の上衣を千羽の肩に掛けてくる。

「躰の線が丸見えだぞ」なんて、不満げにつぶやいていた。龍は相変わらずだ。

厨房に入ると、みんなもう下準備を始めてくれていた。そうだ。出産前後、千羽が厨房に立てなかったときだって、みんなこうして料理も緑豆糕も作ってくれていた。千羽がいなくてもこの食堂は回るのだ。

上半身裸の大男が現れたものだから、皆、口をあんぐりと開けていたが、びしょぬれの千羽が男ものの服をはおっているので事情を察したようだった。千羽は隣の龍を手で差ししめす。

「あの……これが私の夫で……ついさっきよりを戻しました」

「皆さん、千羽がお世話になりました。今日は息子に会いに来たんです」

千羽が龍に「ここでは私の名は百《もも》なんだ」と耳打ちしているところに、厨房の女たちの言葉が重なる。

「ええ!?　大丈夫？　百は夫から逃げて来たんだろう？」

「この男の前だからって百は無理しているんじゃないのかい？　私たちが追い返してやるよ！」

龍が苦笑いして千羽に顔を向けてきた。

「百、本当のところはどうなんだ？」

「いや、あの……私が夫を誤解していたことがわかりまして……なので安心してください」

皆が口々に「なら、よかった」と言ってくれた。

千羽は奥の部屋に龍を連れて行く。

晃は小さな敷布団の上で手足をじたばたさせていた。

龍とふたり並んで座り、千羽は晃を抱き上げる。

「ほら、おまえに瞳が似ていて……元気いっぱいだろう？」

龍の目の前に差し出したそのとき、龍の瞳から涙がこぼれた。

――龍が、泣く？　そんな馬鹿な。

「ありがとう……。こんなにかわいいなんて思っても……。ここまでひとりで育ててくれて……ありがとう」

「龍……」

――私まで泣いてしまうじゃないか！

千羽は女たちから、今日は仕事をしなくていいと、厨房から出され、二階の千羽の部屋で親子三人で過ごす。最初は「小さすぎて壊してしまいそうで怖い」などと、抱くのをためらっていた龍も、こつをつかむと高い高いをして晃を笑わせるところまでこれた。

日が暮れると、食堂も厨房も静かになり、心地いい夜風が部屋を吹き抜ける。

天井から吊《つ》るした蚊帳の中で龍は敷布団の上に頬杖《ほおづえ》を突いて寝転がり、千羽の膝で眠る晃を見つめていた。

「まずいことに……一生ここで暮らしたくなってきた」

「私の気持ちがやっとわかったか」

「ああ。痛いほどに。この島は千羽そのものだ。上陸したときにわかった。おまえをここから引き離すなんて、俺はなんて残酷なことをしたんだって。だが……だが俺は、あの俺が築き上げた帝国を放り出すわけにはいかない……。それは、わかってくれるだろう？」

龍が真摯《しんし》な眼差しで千羽を見上げ、手を握ってきた。

「うん。龍には陽に戻ってもらわないと……大陸に争いごとが起こる。それにしても戦もないのに、よくこんなところまで来れたな」

「牡丹が、千羽を見つけるまで戻ってこなくていいって。牡丹が宮城内で目を光らせてくれているから、政権を乗っ取られることはないだろう」

「龍の豊麗行きに、牡丹が協力してくれたのか？」

龍が、ふっと笑った。

「ああ。千羽が強烈すぎて代わりの女が見つけられそうにないって」

「そうか。牡丹はおまえのことをよくわかっている。たとえ誰も協力してくれなくても、おまえが私を捜しに行く気だと踏んでのことだろう」

龍が身を起こして、千羽を握る手にもう片方の手を添えてくる。

「もう里帰りさせないとか、わがままは言わない。だから、千羽、戻ってきてくれ」

愛する男に真剣な眼差しで訴えかけられれば、もう、千羽に断ることは無理だ。

「わかった。戻る。でも、それは……この子に陽帝国を乗っ取らせるためだからなっ」

照れくさくなって千羽は、膝上で眠る晃に視線を落とす。

「千羽……何度言わせる？　おまえに乗っ取られるなら本望」

龍が晃を小さな布団に移して千羽の腰を抱き寄せた。力強い腕だ。ずっとこの腕を求めていたような気がする。龍が大きな口で千羽の唇を覆い、当たり前のように舌をすべり込ませてきた。

千羽は彼の首をかき抱いて応え、舌に舌をからませる。しばらく、くちゅくちゅとお互いの口内を味わったあと、ようやく唇が離れた。

「ずっと……おまえのことばかり考えていた」

切なげに双眸を狭められ、千羽の胸は歓喜に震える。

「私も、ずっと、龍が欲しかった」

「千羽！」

龍が千羽を仰向けに押し倒し、小袖の襟を左右に引っ張って乳房を露わにした。乳頭を食むと乳がにじむ。龍がべろりと乳暈を舐め上げたとき、晃がぐずり始めた。

千羽は、がばっと起き上がり、晃を抱えて乳首を咥えさせる。

龍も身を起こし、立て膝に腕をかけた。上唇を舐めている。

「母乳って少し甘いんだな……」

「感想とか求めてないから！」

千羽が軽く睨んだのに、龍が顎を取ってなだめるように唇を重ねてくる。

「そういえば、母上が千羽に会いたいって。明日、晃を見せに行こう」

「母に会ったのか？」

「ああ。女王が、千羽とは釦《ボタン》をかけ違えただけだろうって言ってくれて……すごく、救われた」

「そうか。変な感じだな。女王が皇帝を励ますなんて」

「最初は憎んでいたとも言われた」

「母らしいな」

千羽自身、早く母親に会いたかったので、明くる朝、早速、環や広海、従業員たちに緑豆糕と食堂の事業から手を引くことを告げる。皆、寂しくなると口々に言ってくれた。千羽だって寂しい。皆のおかげで、妊娠出産しながらも商売を続けることができた。

千羽は龍と慈英と、陽の官吏ふたりとともに、小さな帆船で豊麗に向かう。官吏たちは一年近く豊麗で千羽の捜索をしてきたそうで、すっかり焼けて豊麗人にしか見えなくなっていた。

龍が船室で晃の相手をしてくれていたので、千羽は船の梁にへばりついてずっと海を眺めていた。豊麗に戻って来たとはいえ、本島は二年前に陽に向かったとき以来、目にしていないのだ。

やがて青い海の向こうに緑の塊が現れる。

——大きい！

千羽はそう思った。陽の都に比べたらずっと小さいのに変な話だ。だが、照喜島に住んでいた者には、とてつもなく大きく見えた。この島は豊麗の民にとって母なる島だと改めて思う。そこに千羽の母がいるのだ。

「もうすぐ豊麗の本島に着くな」

千羽が振り向くと、龍がひとり立っていた。

「晃は？」

するとと龍がくるっと回って背を見せてくる。晃はおんぶ紐でくくられ、龍の背の中央にくっついていた。

龍の背が大きいものだから、晃が小さく見える。

「セミみたい」

千羽は思わず噴き出してしまった。

「は？　セミ？　自分の子をセミ？」

龍が呆れたように非難してくる。

「だって、大きさも色も……木にへばりついてるセミみたいなんだもん」

「そういえば茶色の衣だが……。豊麗城の正門への坂道は急だから、俺がおんぶしていたほうがいいと思ってな」

皇帝自ら赤子をおんぶだなんて信じられない。さっきまで笑いで目を潤ませていた千羽だが、今度は感動で涙が出てきそうになる。そんな気持ちの変化を押し隠して「ありがとう」とだけ声をしぼり出した。

再び、千羽は島のほうを見つめる。船が海岸に近づいてきて驚いた。港の建造が始まっている。

「龍、港を造ってくれているのか？」

「いや。あれは陽から戻った豊麗の留学生たちが主導して始めたことだ。鉄鉱石を輸出して得た外貨で、資材を買い付けてくれるから、陽としてもいい取引だった」

――こういうところは龍らしい。

牡丹が、薬を盗んだせいで殴られたことを龍が認めなかったと言っていたが、それと同じだ。ある意味、龍は不器用な人間なのかもしれない。

「豊麗人の力だけで造れるようにしてくれたってことだろう？」

「まあ、そうかもな」

龍はそっけなく言ったが、千羽がいない間も留学生たちが技術を学べるようにしてくれていたのだ。

――そういえば、私がいない間……！

「豊麗出身の皇后だけを残したという噂を耳にしたが、どうやって皇后《わたし》がいないことを隠し通せたんだ？」

「千羽と背格好の似た留学生に身代わりになってもらっている。今回、皇后といっしょに里帰りという体《てい》にして俺はここまで来たんだ」

「その娘には悪いことをした。こんなに長くなってしまって……」

「彼女にはちゃんと勉強させているし、留学生寮より青龍殿のほうが豪華でいいって喜んでいたぞ」

「そうか。なら、よかった」

そんなことを話していると、船が接岸した。まだ港が造られていないのでただの岸だ。下船し、セミが大合唱する中、千羽は龍と官吏とともに正門へと続く急勾配の坂を上る。

龍が木々を見上げた。

「ほら、晃の仲間が元気に鳴いてるぞ」

「……晃の泣き声はもっと強烈だ」

「確かに」

毎日のように上り下りしたこの坂道で、陽帝国の皇帝とこんな会話をする日が来るなんて、当時の千羽に聞かせたら、なんと思うだろう。

――未来って想像を遥かに超えてくるものなんだなぁ。

龍の背中にくっついて、千羽のほうに笑顔を向ける晃を見遣る。

「晃には、どんな未来が待っているのかな。晃自身が幸せだと思えれば、それが一番なんだけど」

龍が千羽の肩を抱き寄せ、周りに聞こえないような小声で耳打ちしてきた。

「千羽、覚えているか？　初めての夜、千羽は俺にこう言ったんだ『おまえの子なら、きっと世をうまく統治してくれるんじゃないか』って。千羽の言った通り、自分どころか民だって幸せにしてくれるよ」

――そういえば、言った！

「そんなこと……よく覚えていたな」

「忘れられるわけがないだろう？　どこの誰とも知らない俺の子を産んで皇太子にするとまで言ってくれたんだから。千羽は本当に見る目がある」

「この自信家め！」

「晃はおまえの子でもある。千羽は誰も知らない土地で、自分の力で事業を起こして子どもを育てた。その力をこの子に伝えれば、この子はきっとどこでも幸せになれる」

千羽は泣きそうになった。子を産んでから涙もろくなった気がする。龍のもとから逃げ出したというのに、千羽がひとりで子育てしていたことを龍はちゃんと評価してくれている。

「……今まで、おまえのこと、人たらしだと思っていたけど、たらそうとしているんじゃなくて、心根が温かいんだなぁ」

龍がなぜか驚いたように目を見開いた。みるみる顔が赤くなっていく。

――え？　照れてる？

こんな表情を見たのは初めてだ。陽射しが明るいから初めてわかる顔色の変化なのだろうか。

「そう言うおまえこそ……その言葉、そのまま返す」

龍がそう言うと、口を手で覆った。

「どういうことだ？」

「……煽るなとか言って茶化してたけど、あれは、千羽の愛情深さが口から出ただけだったって、あとになって気づいたんだ」

「あ、愛情？」

千羽の顔まで熱くなっていく。

「そうだ。おまえほど情けの深い女はいない」

千羽は龍に抱き上げられ、目の前に彼の顔が来た。豊麗に来て少し焼けたせいか、精悍さを増している。

――めちゃくちゃかっこいいんだけど！

「……ただ、龍のことが好きなだけだ」

「また煽……いや、違う。俺だってそうだ。おまえが好きで、おまえがやったことを褒めているだけだ」

「龍……」

そのとき、ごほんごほんと、これ見よがしな咳払《せきばら》いが聞こえてきた。

気づけば、千羽は懐かしい豊麗城前の広場まで来ていて、目の前に祥賢が立っていた。

「千羽様、そのご様子だと、すぐにでも陽帝国にお戻りになってしまいそうですが、お会いできて何よりです」

千羽は龍に下ろしてもらい、祥賢と向き合う。祥賢は紅色の布でできた冠をかぶっていた。位階は高くないが、立派な官吏の冠だ。

「祥賢、官吏になったのか？」

祥賢が大陸風の、袖で手を隠すお辞儀をした。

「ええ。そうなんです。先月、陽から戻って官吏になり、港湾建設を担当しています。あわよくば豊麗で千羽様と再会できないかと思っていたのですが、皇帝陛下に先を越されたようですね」

「そうか。おまえは土地勘があるくせに、一ヶ月経っても千羽を見つけられなかったのか。俺は豊麗に来て二日ですぐに見つけたけどなぁ」

――こういうところは、龍、相変わらず子どもっぽい！

「あの、それより、私は母に会いたいんだが、母は？」

すると、陽の官吏が待ってましたとばかりに前に出てきた。

「女王陛下は今、おでかけ中とのことです。千羽様のお部屋がもとのままなので、そこでお待ちくださいと言われたのですが、なかなかお伝えするきっかけがつかめず……申し訳ありません」

――真昼間から人前で龍と盛り上がってしまった！

そこで祥賢と別れ、官吏には別室で待機してもらい、千羽は龍を二階にある自室へ連れていく。

「千羽らしい部屋だな」

半笑いの龍の視線は、壁に掛けてある木刀と真剣のほうを向いていた。

「あのころは強くなることしか考えてなかったんだから……」

言いながら、千羽は窓を開ける。

——ああ、帰ってきたんだなぁ。

つくづくそう思う。遠くに見える青い海、その上を飛ぶ鳥たち、心地よい海風、官吏たちが交わす声。夕方になって屋台が開けば、にぎやかな親子連れの声が聞こえてくるだろう。

涙がこぼれそうになったとき、背後から抱きしめられた。

「千羽、大丈夫か？　陽に戻りたくなくなったんじゃないか？」

龍は勘がいい。

「里帰りしたくなったら、いつでもまたここに戻ってこれるんだからな？」

龍が千羽の前に回り込んでくる。

「うん、大丈夫だ」

龍が顔を傾け、唇を寄せられれば、ここが千羽の帰るところだ。

「私は陽にいるときはいつも豊麗《ここ》に思いを寄せていたのに……照喜島で過ごしているとき、思い浮かぶのはいつもおまえのことばかりだったんだ」

「本当に？　俺、千羽の故郷になりたいってずっと思っていたんだ。そうか、そうだったのか」

龍が感激したようにつぶやくと、ぎゅっと強く抱きしめ、深くくちづけしてくる。

そのとき、がらっと戸が開く音がして、千羽はとっさに屈んで、龍の腕の中から逃れた。

「なんだ……急に」

龍が怪訝そうに戸のほうを見て、「女官か？」と千羽に耳打ちしてくる。

「龍、母に会ったとき御簾越しじゃなかったんだろう？」

すると、急に合点がいったように龍が目を見開いた。

「俺が会ったときは、化粧をしていたんだ」

——そういうことか。

母は謁見のときは釣り目に見えるように赤いアイラインを引いて威厳のあるふうな顔を作っているが、もとは優しげな瞳をしたかわいい感じの女性なのだ。つまり、千羽とはあまり似ていない。

「千羽……会いたかった！」

戸の向こうから、母が駆け寄り、千羽を抱きしめてくる。

「母上」

千羽もまた抱きしめ返した。こうしたら、娘だったあのころに戻れる。久々なのに離れていた気がしなかった。これが親子の絆《きずな》なのか。

「千羽、すっかり大人っぽくなって……驚いたぞ」

「母上は相変わらず、若々しくていらっしゃいます」

母が急に躰を離して、千羽をのぞき込んできた。

「千羽……子がいるというのは真《まこと》か？」

「ええ。そうなんです。元気な男の子で晃と名付けました」

千羽が龍のほうに手を差し出すと、龍がくるっと背中を向けて晃を母に見せながら、おんぶ紐をほどき出す。

それを見た母がぼそりとこう言った。

「セミみたいだな」

すると龍が怪訝そうに顔だけこちらに向けてきた。

「私の背が大きいからですか？」

「そうだ。龍が樹木のように見えたんだ」

龍が含意のある視線を千羽に向けてくる。母娘そろって晃をセミ扱いするなんて、みたいな表情で、千羽は噴き出しそうになった。

龍が、晃をおんぶ紐から出して母に手渡すと、母は晃を抱いて、じっと顔をのぞき込む。

「なんて……愛らしい……。目は父親似だが口は千羽に似ていないか？　千羽に会えただけでも、うれしいのにっ……まさか……孫までっ……あの人が生きていたら……どんなに……か……」

最後は声が詰まって嗚咽に変わってしまった。

千羽は母の背に手を置いて寄り添う。

「母上、気苦労をおかけしました。これから陽に戻って晃を立派に育てます。あと、年に一回ぐらい、晃と里帰りするから、寂しく思わないでくださいね」

「ずっと……晃と過ごしたい……。だから、ふたりとも陽には帰らないで……豊麗城《ここ》にいてくれ」

途切れ途切れにそう言うと、母が晃に顔を近づけ、にっこりと笑った。

「晃ちゃんもここにいたいでちゅよね～？」

――もう晃しか見えてないな……。

千羽がどう答えようか考えあぐねていたら、龍が母のほうに一歩踏み出した。

「私も、ずっと千羽と晃とここにいたいのはやまやまなのですが……皇帝の仕事を放り出すわけにもいかず、皇后である千羽も陽に戻っていいとのことなので、一週間後には帰路に就きたいと思っております」

母の前で、龍が皇帝ではなく義理の息子として気を遣って話しているものだから、思わず笑いそうになったが、千羽は真面目な顔をつくろって母親と向き合う。

「母上、再会して早々申し訳ありませんが、私は龍と生きることにしたんです」

すると、母が千羽に顔を向けてきた。

「千羽、こんなにも、おまえに合う男がいるとは私は思ってもいなかったぞ」

「まさかあんなに遠い都《みやこ》にいるなんて、私も思ってもいませんでした」

そんな会話を交わして、母娘が龍を見つめると、龍が、おやおやと眉を上げて笑みを作った。

「そう言っていただけて光栄です」

どんな国王《おとこ》をも打ち負かしてきた皇帝は、結局、この女ふたりには全く歯が立たなかったということだ。

最終章　僕の家族

僕は、威晃《ウェイホワン》、十六歳。陽帝国の皇太子だ。

普通、皇帝は後宮にたくさんの妃を迎えるものだけれど、僕が住む後宮には、父と母と子どもたちしかいない。正確に言うと、あと女官と宦官がいて、父の幼馴染の月牡丹が彼らを取り仕切っている。

牡丹は僕を見ては「お父上の若いころに生き写しでございます」、「お父上が晃様の年齢のころ、私は弟代わりにかわいがってもらったものです」と、父のことばかり話している。

その父は結婚して十八年も経つというのに、母に夢中だ。それなのに母は、いつも父につれない態度を取っている。陽帝国を一代で築き上げた皇帝といえば、世界を制したも同然で、誰もがひれ伏す権力者だ。

その父に対して、あんなに大きな態度を取れるのは母ぐらいではないだろうか。だが、父にはそういう人間が必要なのかもしれない。

——でも、僕はもっと優しく接してくれる娘のほうがいいな。

そんな僕の気持ちを察したのか、最近、牡丹は、僕に最高の花嫁を見つけてみせると息巻いている。

父はどんなに忙しくても、夜は家族全員で食事をとると決めていて、いつも母と、僕を含む男子三人、女子ふたりと食卓を囲んでいる。

ちなみに最近、嫁ぎ先が決まった十八歳の姉が僕にだけこっそり教えてくれたのだけど、姉は僕たちと血が繋がっていないらしい。母が分け隔てなくかわいがってくれたので、僕は全然気づかなかった。

そうだ。本当は僕は知っている。母がとても愛情深い女性《ひと》だってことを。皇后なのに、僕たちが食べたいという料理やお菓子を自ら作ってくれるし、どんなに疲れていても笑顔で遊びにつきあってくれるのだ。

――父上はそれをわかっているんだな。

この間、食事の席で父に「最近、牡丹がお見合いの姿絵を持ってくるんだ」と言うと、父と母が顔を見合わせて笑った。

「牡丹はおまえのことが生きがいだから、好きにやらせてやれ」

父がそう言うと、母がこう釘を刺してくる。

「女の子を傷つけるようなことだけは、絶対にしないでね」

すると、父が母の肩を抱き寄せた。

「その通りだ。晃、こういうことをしていいのは、好きな娘《こ》にだけ、だぞ」

「やめないか」

ぱっと父から躰を離した母の顔が赤らむ。そんな母を横目で見る父の口もとが少しゆるんだのを、僕は見逃さなかった。

母は人前で愛情を露わにするのが苦手なだけで、きっと父のことが好きで、そんな母を父はかわいいと思っているのではないか。そのとき初めて僕はそう思った。そう思えるようになったのは、僕が大人になってきた証かもしれない。

母はときどき、大きな巻き貝を耳にくっつけている。僕もやらせてもらったことがあるが、ごーっと波の音が聞こえる不思議な貝だ。母は豊麗という南の島国出身なので、きっと故郷の海を思い浮かべているのだろう。

僕は小さいころ、母の故郷に連れていってもらったことがあって、信じられないくらい青々とした空と海が幼心《おさなごころ》に焼きついている。あと、大きな食堂に寄ったら、おばあさんが奥から現れて『こんなに大きくなって』と、目を潤ませていた。赤子のころ、長く滞在したことがあるそうだ。

だが、僕が五歳のときを最後に母は里帰りしていない。父がたまに、帰らなくていいのかと訊いているが、母は、船に長々と子どもを乗せたくないとか、もう陽に慣れたとか、その都度、違う理由を答えている。

ある日、母が青龍殿の窓を開け放って湖を眺めながら巻貝の音に耳を傾けていた。つぎはぎだらけで、少し間の抜けた音がする貝だ。

「その貝、一番音がよくないのに、母上、気に入っていますよね？」

僕が尋ねると、母は少女のような屈託のない笑みを浮かべた。

「割れた貝を一生懸命くっつけてくれた人の気持ちがこもっているから、この貝が一番いい貝なのよ」

僕は、その人は父だと直感した。

父とふたりきりになったとき、このときのことを告げたら、父がにやっと笑って、こう言った。

「千羽が好きなのは、貝を直した人ってことさ」

そのときの父の満足そうな顔を見て僕はこう思った。

いつまでもたったひとりを好きでいられるって、素敵なことかもしれない――と。

あとがき

あれは五年前の十一月のこと。某コミック誌の表紙の、帝《みかど》っぽい殿方の野心的な眼差しを見て私の中で何かが弾けました。

——ワイルドな男性を書いてみたいー！

その表紙イラストの衣裳は中華風というよりも和風だったのですが、私には、このワイルドっぷりは一代で天下統一を果たした皇帝の顔つきに見えました（思い込みは激しいほうです）。そんな彼が女子に夢中になるとしたら、どんなヒロインなのか？　やはり、ヒロインは後宮になど来たくなかったのに連れてこられた娘さんなわけで……とか、妄想が爆走し始めました。

とはいえ私は、商業のほうでは西欧風なお話ばかり書いておりました。

このたび、中華ものにトライできることになり、あの妄想から広がった話を今こそ書くべしと進めていたところ、イラストレーター様が藤浪まり先生と編集様からうかがい……無神論者の私がこう思いました。

——神、死んでない！　ばりばり生きてる！

そう。その雑誌の表紙イラストは、藤浪まり先生が描かれたものだったのです～！

こんな偶然ってあるんですか⁉　前世でどんだけ人を助けまくったのか、私！　てか、今世の運全てを使い果たしたんじゃないでしょうね⁉

雑誌の表紙イラストを見て夢想したときは、バリバリ二枚目の覇王というイメージだったんですが、私の筆力の問題で、ちょっと違ってきたような……？　でも、そこは、この藤浪先生が描かれた、ちょうワイルド！ちょうかっこいい龍のイラストをじっと見て、龍、いい男だったって脳内補正していただければ！　他力本願ですみません。

それにしても、龍のイラスト、素敵すぎじゃないですか⁉　髪を後ろでくくっただけのときと、冕冠をかぶって皇帝然としたときの、このギャップ！　尊すぎて胸が苦しい……。

ちょっと釣り目でくりくりした瞳の千羽も、めちゃくちゃ好みです。あと、牡丹を描いていただけるとは思ってもおらず……すごくうれしかったです。美しい男性は目の保養になります。

千羽じゃないけど、生きていると予想もつかない未来が待っているものですね。

皆様に、再びお目見えできる未来がやって来ることを祈りつつ……！

藍井　恵

〜 ガブリエラブックス好評発売中 〜

gabriella books

姐さんにはなりませんっ!

冷徹な若頭はお嬢に執着する

御厨 翠　イラスト：氷堂れん／ 四六判

ISBN:978-4-8155-4063-0

「俺の前でそんなに無防備で。何をされても知りませんよ」

組長の娘である彩芽は大学卒業の日に父親から若頭の碓水と結婚して姐になるよう命じられる。碓水は彩芽の初恋の相手だった。極道は嫌いだし過去全く相手にされなかった碓水と愛のない結婚をするのは嫌だと思う彩芽。だが碓水は以前と変わって強引に迫ってくる。「彩芽さんをその気にさせるところから始めましょうか」好いた男に触れられ反応してしまう身体。流されそうになり苦悩する彩芽は!?

ガブリエラブックス好評発売中

王太子妃候補に選ばれましたが、辞退させていただきます 危険な誘惑

春日部こみと イラスト：すらだまみ／ 四六判

ISBN:978-4-8155-4064-7

「その言葉、お忘れなきよう。我が花嫁」

親と〝王太子妃選定会に全力で挑んで選ばれなかったら後継者として指名する〟約束を交わしたフレイヤ。地元愛が強く父の跡を継ぎ領地経営をしたい彼女は、王太子に相応しい妃を選んでみせる！　と張り切って、自分以外の他の候補の観察を始める。だが手違いで候補の一人に媚薬を盛られ「ああ熱いですね、それにちゃんと濡れている」と、密かに心惹かれていた王太子の近衛騎士ゲイルに抱かれ!?

ガブリエラブックスをお買い上げいただきありがとうございます。
藍井 恵先生・藤浪まり先生へのファンレターはこちらへお送りください。

〒110-0016 東京都台東区台東4-27-5（株）メディアソフト
ガブリエラブックス編集部気付 藍井 恵先生／藤浪まり先生 宛

gabriella books

MGB-044

覇王の激愛は止まらない!?
辺境の姫ですが皇后にされそうです！

2021年10月15日 第1刷発行

著者 藍井《あいい》 恵《めぐみ》

装画 藤浪《ふじなみ》まり

発行人 日向晶

発行 株式会社メディアソフト
〒110-0016
東京都台東区台東4-27-5
TEL：03-5688-7559 FAX：03-5688-3512
http://www.media-soft.biz/

発売 株式会社三交社
〒110-0016
東京都台東区台東4-20-9 大仙柴田ビル2階
TEL：03-5826-4424 FAX：03-5826-4425
http://www.sanko-sha.com/

印刷 中央精版印刷株式会社

フォーマットデザイン 小石川ふに（deconeco）

装丁 齊藤陽子（CoCo.Design）

定価はカバーに表示してあります。乱丁・落本はお取り替えいたします。三交社までお送りください。ただし、古書店で購入したものについてはお取り替えできません。本書の無断転載・複写・複製・上演・放送・アップロード・デジタル化は著作権法上での例外を除き禁じられております。本書を代行業者等第三者に依頼しスキャンやデジタル化することは、たとえ個人での利用であっても著作権法上認められておりません。

© Megumi Aii 2021 Printed in Japan

ISBN 978-4-8155-4067-8

本作品はフィクションであり、実在の人物・団体・地名とは一切関係ありません。